UN HIJO POR ENGAÑO

RICARDO GULMINELLI

UN HIJO POR ENGAÑO

© 2022 Ricardo Gulminelli

© 2022 Edición:
www.adriannaranjo.com

ISBN: 979-88-12078-10-2

Todos los derechos reservados.

PRÓLOGO.................................... 11

MAR DEL PLATA,
LUNES 18 DE
ABRIL DE 2011 13

MAR DEL PLATA,
JUEVES 21 DE
ABRIL DE 2011 17

MAR DEL PLATA,
VIERNES 22 DE
ABRIL DE 2011 33

MAR DEL PLATA,
VIERNES 29 DE
ABRIL DE 2011 49

MAR DEL PLATA,
LUNES 2 DE
MAYO DE 2011 65

MAR DEL PLATA,
MARTES 3 DE
MAYO DE 2011 77

MAR DEL PLATA,
JUEVES 5 DE
MAYO DE 2011 79

MAR DEL PLATA,
VIERNES 6 DE
MAYO DE 2011 87

MAR DEL PLATA,
LUNES 10 DE
MAYO DE 2011 91

MAR DEL PLATA,
VIERNES 6 DE
JULIO DE 2011 95

MAR DEL PLATA,
SÁBADO 17 DE
SEPTIEMBRE DE 2011 99

MAR DEL PLATA,
DOMINGO 18 DE
SEPTIEMBRE DE 2011 103

MAR DEL PLATA,
SÁBADO 26 DE
NOVIEMBRE DE 2011 107

LAGO ALUMINÉ,
MIÉRCOLES 30 DE
NOVIEMBRE DE 2011..................... 115

MAR DEL PLATA,
VIERNES 2 DE
DICIEMBRE DE 2011 127

MAR DEL PLATA,
LUNES 5 DE
DICIEMBRE DE 2011 143

MAR DEL PLATA,
MIÉRCOLES 7 DE
DICIEMBRE DE 2011 147

BUENOS AIRES,
JUEVES 8 DE
DICIEMBRE DE 2011 157

BUENOS AIRES.
VIERNES 9 DE
DICIEMBRE DE 2011 175

MAR DEL PLATA,
LUNES 9 DE
ENERO DE 2012 203

MAR DEL PLATA,
LUNES 16 DE
ENERO DE 2012 209

MAR DEL PLATA,
JUEVES 9 DE
FEBRERO DE 2012 217

MAR DEL PLATA,
VIERNES 24 DE
FEBRERO DE 2012 225

MAR DEL PLATA,
SÁBADO 25 DE
FEBRERO DE 2012 253

MAR DEL PLATA,
LUNES 27 DE
FEBRERO DE 2012 265

MAR DEL PLATA,
MIÉRCOLES 29 DE
FEBRERO DE 2012 289

MAR DEL PLATA,
LUNES 5 DE
MARZO DE 2012 295

MAR DEL PLATA,
MIÉRCOLES 7 DE
MARZO DE 2012 299

MAR DEL PLATA,
VIERNES 9 DE
MARZO DE 2012 305

MAR DEL PLATA,
MARTES 13 DE
MARZO DE 2012 315

MAR DEL PLATA,
DOMINGO 20 DE
MARZO DE 2012 323

MAR DEL PLATA,
SÁBADO 28 DE
JULIO DE 2012 331

PRÓLOGO

La historia que anima esta novela me la relató un antiguo amigo, durante una melancólica noche de copas. Cuando a los pocos días volví a encontrarme con él, le pedí autorización para escribir sobre sus experiencias. Afirmó que nada de lo que había dicho era cierto, sino solo un delirio provocado por el alcohol. Sin embargo, con un guiño de su ojo izquierdo, agregó que yo le debía la paternidad de la idea. Por tanto, me impuso que prologara esta obra con una poesía que le había dedicado a Mar del Plata en su juventud. Acepté su propuesta sin averiguar más detalles, dominando mi creciente curiosidad. Después me enteré de muchas cosas más que no puedo revelar, porque afectarían a terceros. Solo esto puedo decirles: si bien no estoy en condiciones de afirmar que los hechos descritos sucedieron efectivamente, sí puedo garantizarles que pudieron haber ocurrido...

Dormitas, recostándote en la noche, desbordante de luces y de aromas. Las olas te besan, amada mía, con labios azules y salobres.

En las playas desiertas se percibe, la nostálgica ausencia de las voces. La lluvia te fecunda con sus lágrimas amigas, engalanada de césped, de rocas y de flores, así reposas.

Sensual y adolescente, se bañan en purísima espuma tus latidos, transportan melodías, vuelan muy alto, muy lejos, viajando en el viento marino...

Te desperezas lentamente, entibiándote en el alba. El sol te despierta, pero sigues soñando. Prodigas ilusiones, sacas de tu galera recuerdos, siembras sentimientos mágicos...

Ciudad, eres mi novia, protagonista y escenario, refugio de cálidos amores que en el tiempo naufragaron. Hechizante, te adueñas del destino, ofreciendo tu embriaguez de cantos.

MAR DEL PLATA, LUNES 18 DE ABRIL DE 2011

En un pequeño cuarto de baño de paredes húmedas, descascaradas y sucias, al borde del desmayo y sentada sobre el asiento del inodoro, está Mabel, de apenas trece años de edad. Tiene el rostro casi oculto tras su cabello oscuro y la mirada verde clavada en los mosaicos gastados. Lleva pantalones cortos y una camiseta raída, los pies sucios y descalzos. Sus manos descansan sobre el estómago, como queriendo ocultar la incipiente protuberancia que allí se aloja. Comienza a frotarlo primero, como acariciándolo, luego se tironea violenta la piel, como agrediéndolo. Toma una hoja de afeitar que está sobre el lavatorio y la aprieta contra su muñeca izquierda, suave al principio, luego más fuerte. La piel cede. Primero hacia arriba, después hacia abajo, y luego dibuja una profunda cruz escarlata. Está dispuesta a morir en silencio, sin expresar ninguna emoción. Imperturbable, observa cómo su sangre gotea, escurriéndose hacia la rejilla del baño.

Alicia, de veinticinco años, entra en la casa familiar, cierra la puerta y deja las llaves sobre la mesa. Apoya la espalda contra la pared y estira el cuello a modo de descanso, luego de nueve horas de intenso trabajo en la oficina. Algo la inquieta. Su hermana Mabel tendría que estar esperándola, está embarazada de casi tres meses y no soporta esa idea, por lo que ella teme que pueda hacer una locura. Camina despacio por el pasillo sombrío y se detiene frente al cuarto de baño; una leve luminosidad se entrevé bajo la puerta.

—¿Mabel…?

Gira la perilla y entra.

Es como encontrar a un fantasma. Mabel la observa como desde otra dimensión. Parece una trágica caricatura inclinada sobre el inodoro, la hoja de afeitar se le ha caído al piso, está bañada en su propia sangre y las lágrimas le han dejado huellas que atraviesan su cara.

Alicia corre hacia ella, que casi al borde del desmayo, dice:

—No puedo tener al bebé, Alicia, no puedo... Hoy me di cuenta de que tengo panza. Papá dijo que estaba engordando como él. Si nace, lo voy a matar. Te juro que lo haré.

Alicia toma rápido una toalla y envuelve la muñeca herida de su hermana, apretándosela firme.

—Ay, Mabel, ¿qué hiciste? Mirá cómo estás, tenemos que ir urgente al hospital, llamaré a un taxi... No perdiste tanta sangre, la hemorragia se detendrá si apretamos fuerte, pero ¿y si me llegaba a retrasar? Te habrías muerto, mi amor. Me hacés sufrir mucho, no soporto este dolor...

—No te quise molestar, Alicia, necesito que me ayudes a acabar con él, ¿lo harás? No quiero el bebé... ¿me ayudarás? Quiero que desaparezca, yo sola no lo puedo matar, me tendré que suicidar para hacerlo. Ayudame a matarlo, como cuando degollaste a una gallina... ¿Te acordás? Esto tiene que ser parecido.

Alicia abraza a su hermana con desesperación.

—Estás en *shock*, hermanita, vamos, apurate, por Dios...

—No te preocupes, Alicia, leí que se puede utilizar una aguja de tejer...

MAR DEL PLATA, JUEVES 21 DE ABRIL DE 2011

Frente a la entrada del consultorio ginecológico de Esteban Álvez, Alicia se sintió como a las puertas del infierno. Presionó el timbre vacilante. No tenía opción...

La hizo pasar la lúgubre secretaria de Álvez.

En ese sitio había algo siniestro que erizaba la piel de Alicia.

El doctor Álvez la recibió luego de una hora de espera. Apenas la vio, quedó deslumbrado. Ante él había una muchacha espléndida, de esas que calan hondo en los hombres. No despertaba un deseo salvaje, ni una mera atracción física: generaba sensaciones más profundas. Verla partir sin poder acariciarla podía ser doloroso. La pequeña y cálida Alicia lo sabía, y eso aumentaba su mágico encanto. Corría por sus venas la fogosa sangre boloñesa de sus abuelos paternos y la noble castellana de los maternos. La miel de su cabello se mimetizaba con sus ojos; su imagen transmitía una templada sensación de otoño, una pacífica unidad, una delicada armonía. De mediana altura, no era exuberante, con pechos pequeños pero firmes. Reservada, de una dulzura cautivante y una hermosura que hipnotizaba, como un manantial del cual resulta imperioso beber. No era posible acercarse a ella y salir indemne. A pesar de ello, no era soberbia, ni superficial, ni vanidosa, sino profunda, sensible, melancólica… Humanitaria en sus sentimientos y pródiga en su benevolencia.

Esteban Álvez era un hombre de cuarenta y cinco años, de cabello oscuro y cutis aceitunado. Exhibía con altanería su sólido físico y su metro y ochenta y cinco centímetros de altura, era cínico, desenfadado y disfrutaba de las bajas pasiones. En otro momento de su vida hubiera centrado todas sus armas en seducir y poseer a la chica, pero ahora un maquiavélico plan ocupaba su mente y ella parecía ser la pieza que le estaba faltando.

Alberto Burán, un millonario al que odiaba, era la víctima escogida. Por su culpa había perdido mucho dinero en un juicio en el que él había actuado como abogado en su contra y el resentimiento había hecho presa de Álvez. Si todo salía bien, no solo recuperaría el dinero que le había hecho perder, sino que podría enriquecerse. Había ido afinando el plan con el asesoramiento de especialistas, hasta tenerlo todo calculado, pero necesitaba encontrar a la persona indicada para ejecutarlo. Cuando el primo de Alicia lo llamó para concretar una visita, le habló de ese efecto que causaba su prima en los hombres, y para Álvez fue como si se encendiera una luz de esperanza, fue algo premonitorio. Una muchacha así podía ser justo lo que estaba buscando desde hacía meses. Y ahora, al tenerla frente a él, comprendió que no se había equivocado. La chica era perfecta y podía ser su gran oportunidad.

Por eso, aunque quedó impactado por su belleza, hizo grandes esfuerzos para disimular su interés y frenar los apetitos que de inmediato se despertaron en él. Nada debía desviarlo de su objetivo.

Amigable, la invitó a tomar asiento y se sentó a su lado.

—Discúlpame la demora, vos dirás en qué puedo ayudarte.

—Me pasa algo terrible, doctor... Me recomendó mi primo. Aquí tiene su tarjeta.

—¡Ah!, ¡sí! Hablé con él, me pidió un turno para vos por teléfono y me explicó que estabas muy afligida... ¿Qué te pasa?

—Mi hermana de trece años se quiso suicidar. Tiene casi tres meses de embarazo y dificultades de coagulación. No se lo puedo decir a mi padre porque tuvo varios infartos y eso podría matarlo.

—Que tenga al bebé —dijo el médico.

—Ya se lo propuse, doctor. Le juré que la ayudaría a criarlo, que, por favor, fuera fuerte. No quiere tenerlo, es solo una niña, no soporta la idea de ser madre, hace dos días se cortó las venas… Varias veces me dijo que si no podía abortar se tiraría de un décimo piso. Juró que lo haría. No quiero ser responsable de su muerte, doctor. Además, si se suicidara, moriría también el bebé. Estoy desesperada, no sé qué hacer. ¿Podrá ayudarnos a poner fin a ese embarazo?

Álvez, serio, negó con la cabeza:

—Un embarazo avanzado, muy jodido, y más con los problemas de coagulación…

—Lo sé, doctor, pero en cualquier momento volverá a atentar contra su vida, no puedo controlarla más.

Álvez percibió la angustia de Alicia y se sintió feliz: esa mujer increíblemente seductora estaba en sus manos.

—¿Y el padre?

—Un compañerito de colegio, no sabe nada.

—Pero supo cogerla —ironizó Álvez—. Perdoname que hable así, pero ni en pedo le haría un aborto, tiene trece años y tres meses de embarazo. Lo siento, pero buscate otro ginecólogo.

Se apartó como retirándose. Alicia lo detuvo, con los ojos llenos de lágrimas.

—¡Ayúdeme, por favor! —imploró.

La chica tartamudeaba, Álvez leía en ella como en un libro abierto: no había dudas, era una irrepetible oportunidad.

—Con los menores no se juega, dejame tranquilo, por favor, no me comprometas.

—¡Se lo ruego, doctor! Trabajaré, pediré prestado, venderé cosas de mi familia; juro que voy a pagarle.

Él contestó, sardónico:

—¿Cinco mil dólares?

El silencio de Alicia fue la mejor respuesta.

—¿Podés pagarlos o no?

—Doctor, soy pobre, necesito tiempo. Pero los conseguiré, confíe en mí, ¡salve a mi hermanita!

—Hay médicos más baratos.

—No se imagina cómo he peregrinado, fui al hospital a ver al doctor Quiroga. Me trató como a una delincuente, me echó, dijo que el aborto es un delito y que yo estaba siendo cómplice.

Álvez sonrió y dijo:

—Claro, Quiroga me deriva sus pacientes, nunca se olvida de pedirme su treinta por ciento.

«Todo es basura», pensó Alicia.

—¿Qué más te pasó? —indagó Álvez.

—Salí del hospital aterrada, temía que me denunciaran a la policía, me sentí denigrada.

—¿Consultaste a otros profesionales?

—Sí, a dos, me dijeron lo mismo que usted. El riesgo quirúrgico, la edad de Mabel, también me pidieron mucha plata. En mi barrio hay una partera que cobra poco, pero se le murieron varias mujeres. Mabel se desangraría… No me lo perdonaría jamás.

—Tenés razón, che, casi es preferible que te atienda un carnicero. Lo siento, querida, no puedo ayudarte, ¿por qué carajo te encaprichaste conmigo?

—Deme algo de tiempo para pagar, tenga compasión…

—¿Cuánto?

—Siete u ocho meses.

—En esto no se financia nada, cuando pasa la crisis, todos se borran. ¿Qué más te dijeron los médicos?

—Querían que estuvieran presentes papá y mamá y que abonara al contado. Apiádese de mí, le juro por mis ojos que le voy a pagar…

Dueño de la situación, Álvez espetó:

—¿Por qué tendría que ayudarte? Venís sin un cobre, tu hermana es una nena con tres meses de embarazo y una deficiencia sanguínea, tus padres ni siquiera se pueden enterar. Decime, ¿me viste cara de pelotudo? Con menores de edad no quiero saber nada, hoy te imploran y mañana te acusan… ¡Lo tendría que haber pensado antes!

—Mabel no se dio cuenta de que estaba embarazada, apenas lo supo me lo contó.

—¿Y si después dice que la obligaste a abortar? ¡Tu padre va a ser el primero en denunciarme!

—Ayer le saqué una hoja de afeitar de las manos, doctor; se matará antes de tenerlo.

Esteban Álvez disfrutaba porque Alicia estaba a su merced. Era insensible, calculador y egoísta; podía dar una mano por simpatía o por interés, pero nunca por piedad. La muchacha estaba indefensa. No resistió a la tentación, era demasiado atractiva, aun para un hombre de su experiencia. Se acercó a ella despacio, estrechando su frágil cuello. Alicia comenzó a temblar, pero no lo rechazó, estaba decidida a ser su esclava si era necesario.

«Es tan deseable…», pensó.

Bajó su diestra con lentitud, rozando fugaz los senos de Alicia, los sintió pequeños y erguidos bajo la blusa. Luego la estrechó, sin apretarla contra su cuerpo, sus manos fueron descendiendo, acariciando el contorno de la muchacha. Alicia estaba palpitante como un pájaro que es capturado. El ginecólogo apretó con delicadeza sus firmes muslos, acarició sus glúteos; disfrutó el contacto con esa hechizante juventud que se le mostraba complaciente. Con un leve movimiento, introdujo su mano izquierda bajo la pollera de Alicia, la fue elevando lento hasta que la estacionó entre sus piernas, acariciándola con suavidad, disfrutando el contacto con su más íntimo umbral, hasta que advirtió que la muchacha estaba llorando…

Se apartó rápido de ella.

«Me dejé llevar por mis emociones», pensó Álvez, «aunque esta criatura sea tan exquisita, no debo olvidar que gracias a ella seré rico. Mucho más que un placer momentáneo, además, tarde o temprano será mía».

Cuando Álvez experimentó el irresistible poder de seducción de Alicia, supo que su siniestro plan no fallaría. Burán tampoco podría resistirse a ella. No se permitiría el lujo de comprometerlo todo, solo por su deseo de poseerla.

«Llegó el momento de dar el golpe, me vengaré de Burán», pensó el médico. «Ese maldito se arrepentirá de haberme jodido, le sacaré una montaña de oro».

Álvez susurró, tratando de disimular su entusiasmo:

—No sé por qué carajo soy tan blando con vos, pero te voy a dar una mano… Con una mínima condición.

—¿Cuál, doctor?

—No te asustes, es un favor para una amiga, nada más…

—¿Qué favor, doctor Álvez?

—Ella necesita saber si su antiguo amante, Roberto Burán, es el padre de su único hijo. Solo esto puedo decirte. Quiere una muestra de su semen para hacer un análisis bioquímico. Tu misión será obtenerla. ¿Me seguís?

Alicia se quedó estupefacta.

—¿Sugiere que me acueste con un desconocido para robar su esperma?

Álvez suspiró y simulando paciencia, prosiguió:

—No seas dramática, es un acto de bondad: esta mujer sufre.

—Me parece raro. ¿Quién es ella?

—No te lo puedo decir, querida.

—Me oculta algo malo.

Álvez decidió morigerar el planteo.

—Está bien, te voy a contar algo, pero es confidencial, ¿de acuerdo?

—Sí —dijo Alicia.

—Bien —prosiguió el hombre—, no es nada deshonesto. Cuando mi amiga concibió a su hijo tenía relaciones con su esposo y con Burán. Quiere saber cuál de los dos es el padre. Ahora es viuda, tiene cáncer con metástasis hasta en los huesos; no sobrevivirá más de dos meses. Necesitamos la esperma de una primera eyaculación para encontrar la respuesta, es sencillo, ¿no?

Alicia seguía desconfiando.

—¿Por qué su amiga no le pide el semen a este hombre?

El médico sonrió:

—Roberto Burán ni en pedo se comprometería. Además, ella no quiere verlo y menos tener que reconocer su situación. Necesita tu ayuda.

Alicia murmuró:

—No le creo, esto no me gusta…

Álvez arriesgó más, tratando de no ser irrespetuoso:

—No merecés mi ayuda, no valorás que me estoy comprometiendo… Por favor, andate y no vengas nunca más. Decile a tu hermanita que se banque tener al bebé. Mi amiga vale mil veces más que ella, lo único que quiere es conocer la verdad antes de morir.

Alicia comprendió que estaba condenando a su hermana:

—Si el padre fuera Burán, ¿le reclamaría algo?

Álvez manifestó:

—Ella es millonaria, ni siquiera se lo diría a su hijo.

Alicia bajó la mirada.

—No tengo opción, espero que Dios me perdone. ¿Cuándo lo haría?

—¡Ah!, eso… Los dos tenemos urgencia, ¿no?

Alicia preguntó:

—¿Cómo conseguiré el semen?

—Elemental mi querida, usarás un preservativo. Después de que Burán eyacule, lo guardarás como si fuera un tesoro. Fácil, ¿no?

Alicia reaccionó como si hubiera sido golpeada.

—¡No podré hacerlo!

—No digas boludeces, no tenés otra. Burán caerá en tus brazos como un colegial enamorado. A ese cincuentón le encantan las mujeres jóvenes y hermosas. Harás una obra de bien. No será tu primera vez, ¿no?

—Nunca me acosté con un desconocido. Burán tiene el doble de mi edad, sentiré rechazo por él, no podré fingir que me atrae. No lograré hacerlo…

—Mejor que tires buenas ondas, te lo digo por última vez. No soporto más tus lloriqueos. Burán es un intelectual agradable y atractivo. Aprenderás mucho conociéndolo. No te pido que actúes como una puta ni que te enamores de él, solo necesito su esperma, quiero ayudar a mi amiga y vos salvar la vida de tu hermana. No estás en condiciones de decir que no, no hagas que me arrepienta.

Alicia bajó los ojos.

—No voy a poder.

—Podrás. Yo organizaré el primer encuentro. Seguí mis instrucciones.

—Si no pudiera seducirlo, ¿qué pasaría?

Álvez le dio una palmadita en la mejilla izquierda y le dijo:

—En ese caso, olvidate del aborto. ¿Fui claro?

Alicia asintió con un leve movimiento de cabeza, mientras dos lágrimas surcaban su rostro.

Satisfecho, Álvez dijo:

—Avisale a tu hermanita que prontito le soluciono todo… Gratis. Después le pondré un espiral, gentileza de la casa. Mañana a las 17 horas date una vuelta, puliremos detalles.

Álvez estaba exultante, no tenía dudas: la hechizante belleza de esa muchacha embrujaría a Burán.

A las once de la noche, Alicia llegó a casa sufriendo su pobreza como nunca; las caricias de Álvez aún ardían en su piel y se sentía contaminada. Jamás su barrio le había parecido tan miserable, tan oscuras sus calles. No tenía opción, si Mabel no abortaba se suicidaría. Abrió la puerta de entrada sin hacer ruido, sus padres dormían.

«Por suerte», pensó, «no tendré que fingir».

Alicia golpeó suave a la puerta de Mabel, una voz quebrada le indicó que podía entrar. El rostro de la jovencita reflejaba una trágica congoja, los ojos enrojecidos: había llorado incesante. Abrazó a Alicia con desesperación, sollozando sobre su hombro como una niña que busca amparo, había estado a solas con su amarga aflicción.

Sin tener la impactante y carismática belleza de Alicia, Mabel era una hermosa niña: delgada, flexible y saludable, imaginativa y romántica. Una larga cabellera oscura realzaba sus ojos negros. Había dejado de ser una fresca e inocente jovencita sin preocupaciones para convertirse en una dolorida adolescente, visitante del infierno. Apenas dos años atrás jugaba a las muñecas, ahora la acosaban la desazón y la desesperanza, problemas que ni hubiera soñado tener. Experimentó su primer contacto sexual ignorándolo todo, nunca imaginó que podía ser madre… Tuvo relaciones con su compañero de colegio jugando a ser amantes. Fue una fantasía de niños, ni siquiera experimentó placer, solo dolor y vergüenza. Un incontenible impulso erótico se había apoderado de ella, una extraña ansiedad que exacerbó sus sentidos. La televisión, la radio, las revistas la habían bombardeado con imágenes de sexo, de lujuria, de amor pasional y de infidelidad. Fue confundida por un afiebrado mensaje, por una omisiva educación.

«Estoy embarazada», pensó. «¿Por qué nadie me lo advirtió? ¿Cómo pude ignorar las consecuencias? No tengo perdón, ¡qué estúpida fui! Parecía tan lindo, sus caricias me encantaron, dejé de pensar».

Fue así como Mabel conoció el amor. Tarde, descubrió que su vida se derrumbaría.

«No podré ir a la escuela con panza», meditó, «los chicos del colegio me despreciarán; pensarán que soy fácil. ¡Dios mío!, ya no podré ir a bailar con mis amigas, tendré un hijo. Mamá y papá vivirán torturándome. ¡Si no puedo abortar me mato!».

Mabel sabía que necesitaba dinero y que ningún médico querría comprometerse con una menor de edad con dificultades de coagulación. «Me clavaré una aguja de tejer», pensó. «Alicia me llevará al hospital para que no me desangre. No continuaré este embarazo, aunque me cueste la vida».

Estos pensamientos acosaban a Mabel. Se sentía una miserable asesina, la cruel protagonista de su propia historia, la malvada exterminadora de su bebé; no podía encontrar a una represora más eficiente que ella misma. Por eso, cuando Alicia llegó, sintió como si se abriera una válvula de puro oxígeno, una puerta de salida de su espantoso mundo interior.

Alicia abrazó a su hermana diciéndole:

—Mi amor, no llores más, un médico nos dará crédito. Será una atención especial porque le debe favores a nuestro primo. En cinco días todo estará arreglado. No sufras más, chiquita, te lo ruego. Hacelo por mí, ¿de acuerdo? Pero te lo vuelvo a decir, si no abortás te ayudaré, lo cuidaré toda la vida, no quiero que después te arrepientas y que sea peor.

Fue demasiado para la niña que, desahogando toda la angustia acumulada, se puso a llorar tan fuerte que apenas podía respirar.

—¡Basta! No lo digas más, nunca lo tendré, Alicia, aunque me sienta una hija de puta. Prefiero que muramos los dos juntos. Gracias por ayudarme, toda la vida te lo voy a agradecer. Te quiero mucho, si no fuera por vos... Nunca más lo haré, te lo juro, nunca más te voy a causar problemas. Perdoname, perdóname, por favor.

—No te culpes. A una amiga también le pasó, ahora tendría un chico de cinco años. Es tu decisión, no tenés que rendirle cuentas a nadie, es tu cuerpo, tu futuro, tu problema. No pienses en los demás, es fácil condenar.

Alicia comprendió que había hecho bien en aceptar la turbia oferta de Álvez; todo estaba justificado para evitar el sufrimiento y el suicidio de Mabel, incluso renunciar a su propia dignidad. Le dijo con dulzura:

—No te inquietes, Mabel. Serás atendida en un consultorio especializado con el más moderno equipamiento; dentro de unas semanas, esto será para vos como una pesadilla que habrás olvidado.

—¡Nunca, Alicia!, ¡nunca podré olvidarlo! ¡Siempre recordaré que maté a mi hijo…! Dios no me perdonará.

Los sollozos la ahogaron de nuevo.

—Escúchame, hermanita, por favor… Voy a ayudarte. No me hagas sufrir más, me estoy desfalleciendo. Si querés agradecerme algo, superá tu angustia. Sé fuerte, hacelo por mí, es lo único que te pido. Si me querés, podés lograrlo… ¿Lo intentarás? Tenés que optar entre dos cosas malas. Estás a tiempo, no te apresures, yo te apoyaré, no importa lo que decidas. Una vez que elijas una, no tendrá sentido que te sigas atormentando. A lo mejor tu embarazo se frustraría naturalmente, ¿quién lo podría saber? Tendrás que aceptar las consecuencias de tus decisiones.

—Yo, Alicia, no sé si podré hacerlo.

—Podrás, pensá en vos. ¡Vamos, Mabel! Sonreí, por favor, sabés que hay salida. ¿Sí? Contestá, hacelo por mí, hermanita…

—¡Sí! —dijo Mabel dejando de llorar y esbozando una mínima sonrisa—. ¡Sí! —continuó diciendo, volviéndose a abrazar fuerte a Alicia.

MAR DEL PLATA, VIERNES 22 DE ABRIL DE 2011

Juana Artigas ingresó al despacho del doctor Álvez, con quien mantenía una relación muy antigua y especial que había soportado el paso del tiempo.

Sin ser una mujer bella, tenía encanto; era dominante por naturaleza y despreciaba la debilidad. Estaba acostumbrada a manejar a los hombres como si fueran marionetas. Álvez era una excepción; a él no podía someterlo. Eso la irritaba, pero a la vez la atraía. A su modo lo amaba, aunque jamás se lo diría. Él hacía mucho que lo había intuido, podía percibirlo en cada uno de sus gestos. Se veían en forma discontinua, pero frecuente, reservándose privacidad. Hacía más de una década que eran amantes, con algunos espacios de distanciamiento, pero sin mayores cambios. Mantenían una relación extraña, multifacética, que había perdurado porque habían logrado un delicado equilibrio, matizado de sexualidad, de una pizca de sadomasoquismo y también de afecto.

Juanita tenía sangre árabe: de tez olivácea y cabellos lacios tan negros como sus vivaces ojos, medía un metro setenta de estatura, su cuerpo era armonioso sin ser llamativo. Con buenas caderas, pechos pequeños y, sobre todo, un hermoso par de piernas. Pero lo más cautivante era su poder de seducción, que sabía descargar sobre sus presas masculinas con agresiva feminidad. Experimentada, conocía las pasiones humanas. Sin prejuicios ni sensibilidad, más bien dura como una roca, los hombres eran para ella objetos que sabía utilizar. Conocedora de todas las artimañas para atraerlos, podía fingir apasionamiento o ingenuidad cuando era conveniente. Por esas características se la podría calificar de cruel, de egoísta o de malévola, aunque quizás esos calificativos resultaran demasiado severos para abarcar su tan compleja personalidad. Desde niña, se vio envuelta en un ambiente sórdido, asfixiante, fue esclava del autoritarismo de su padre, un hombre terrible, violento y muy peligroso, que también oprimió a su madre. Debió forjar su carácter reaccionando como pudo ante esa dominante fuerza. Una vez que cumplió catorce años, su padre la obligó a tener relaciones incestuosas. Ingresaba en su cuarto durante las noches, cada vez con mayor frecuencia, exigiéndole que guardara el secreto, bajo amenaza de muerte. Estaba como obsesionado con ella. Aprovechando que la madre de Juanita se dopaba para poder dormir, cada vez permanecía más tiempo en el lecho de su hija. Terminó convirtiéndola en su amante clandestina, concretando con ella todas sus fantasías sexuales, sometiéndola sin limitaciones. Juanita, aterrada e indefensa, optó por ser maquiavélica y consentir el abuso. Sobrevivió de esa manera, aceptando resignada su destino. En algunas pocas ocasiones hasta disfrutó con cierta morbosidad la existencia promiscua que se le imponía. Pero llegó un momento en que ya no pudo seguir soportándolo, se sentía sucia, indigna, prostituida, denigrada. Su personalidad quedó trastornada para siempre.

A los diecisiete años huyó de su hogar para radicarse en Mar del Plata con su tía materna. Su vida mejoró en forma sustancial, aunque superar su depresión le llevó muchos años de psicoterapia. Progresó rápido en lo laboral, su gran capacidad le aseguró buenos empleos. Hábil mecanógrafa, hablaba un fluido inglés y programaba computadoras, tenía don de gentes, sabía guardar secretos y colaboraba con sus empleadores en detalles de importancia. En varias ocasiones se acostó con algunos de ellos por gusto o por interés. Siempre obtenía alguna satisfacción de sus relaciones, aunque su afectividad se encontraba adormecida, tal vez sepultada en algún recoveco de su lejana infancia. A sus treinta y dos años, su reloj biológico les pedía a gritos un hijo y ese pensamiento la acosaba, quitándole el sueño. Deseaba tener un bebé, pero quería que su padre fuera fuerte, lúcido, orgulloso y digno. Repudiaba a los hombres endebles y pobres de espíritu. Buscaba a alguien respetable. Cuidar a un niño la limitaría en su trabajo y en su vida de relación.

Juanita no tenía amigos, nadie conocía los vericuetos de su mente ni las amargas experiencias que vivió cuando era niña. La relación con Álvez era uno de los pocos detalles luminosos de su vida. Divirtiéndose, simulando, habían mantenido una relación subterránea, oculta a los ojos del mundo. Más de una vez habían compartido la mesa con alguna pareja ocasional, fingiendo que los vinculaba una amistad carente de sexo. No era así: gozaban juntos en la cama y disimulaban porque les placía reírse del prójimo. A su manera, ambos estaban provistos de una buena dosis de donjuanismo que los convertía en estafadores. Él siempre la ayudó, consiguiéndole trabajo, dándole dinero e interrumpiéndole tres embarazos no queridos, uno de ellos, propio. Juanita

Artigas le confesaba sus intimidades y satisfacía con él sus más bajos instintos. A él le encantaba el apasionamiento que ella ponía al entregarse, pues carecía de límites al hacer el amor. Había cierto lazo maléfico entre ellos, un parentesco extraño casi tangible que les permitía comunicarse, diciéndose y consintiéndose todo.

—Juanita… Te pedí que vinieras por algo gordo, aunque después te voy a hacer algunas cositas —dijo Álvez, dándole un beso en la boca—. Quiero que seas mi socia en un negocio muy importante que tengo en mente. Tendrías que tener audacia y sangre fría, viviríamos situaciones peligrosas. Lo que voy a decirte es confidencial: nadie debe saberlo, ¿guardás el secreto?

—No jodas, Esteban, me asustás, ¿qué carajo me estás proponiendo?

—Tranquila —dijo Álvez.

—¿Tranquila? Parece que vas a robar un banco. Me estás aterrando, no seas hijo de puta.

Juana se iba excitando mientras hablaba. Se acercó al médico y comenzó a acariciarlo, le desprendió la camisa besándolo apasionada, acarició su entrepierna…

Álvez la apartó suave.

—Necesito hablar de negocios, sentate.

—Me dejaste temblando, malvado. Desembuchá de una vez.

Él se acomodó tras el lujoso escritorio de su despacho y manifestó:

—Estoy hasta las manos, Juani. He hecho algunos malos negocios y, además, perdí mucha plata por el juicio que me inició tu antiguo amigo Roberto Burán.

—Pensé que te habías recuperado de eso.

—Estoy casi en la ruina, Juanita. Para recuperarme hice inversiones en la bolsa que me salieron mal. No puedo seguir así, seré pobre.

Ella no pudo pronunciar palabra. Él siguió hablando como poseído de una extraña obsesión.

—Hacer abortos no me alcanza para salir de esta crisis.

Ella tartamudeó:

—¿En qué te puedo ayudar?

Él la abrazó dulce, diciéndole.

—Tengo un plan. Si colaborás conmigo, viviremos como sultanes por el resto de nuestras vidas.

—No querrás que labure de puta para vos, ¿no? Lo que necesitás es ganar la lotería.

—Sé cómo ganarla —contestó Álvez—. Me asesoré con abogados, pero te necesito. Tendrías que estar decidida a todo. Cuando digo «a todo» me refiero a no reconocer límite alguno, jugarte el pellejo, ir hasta las últimas consecuencias. Sería por muchísima guita. Si fuéramos socios, tendrías que hacerme un testamento, por si te pasara algo…

Juanita alzó la voz:

—Basta de misterio, ¡no jodas más conmigo! No me gusta un carajo lo del testamento.

Juanita se levantó para irse, Álvez la detuvo levantando su mano derecha, apoyó sus codos sobre el escritorio y habló lento y firme:

—No seas histérica, escúchame… Seré breve. Lo que te voy a proponer no es trigo limpio, pero sí provechoso.

—Al grano, querido —dijo Juanita impaciente.

—Muchas mujeres se embarazan de millonarios para salir de pobres. Pueden beneficiarse con mucho dinero. Además, cuando los chicos se hacen mayores, suelen ayudar a sus madres, ¿verdad? ¿No sería una buena inversión?

—¿Qué estás sugiriendo, Esteban…?

—¿No querés enganchar a un boludito, Juani?

Juanita quedó paralizada.

—¿Qué decís?, ¿que tenga un hijo por dinero? ¡Te importa tres carajos que otro me coja! Sos una basura…

Álvez dijo:

—Bajate de la moto, querida.

—¿Qué me estás pidiendo? ¿Que me embarace para llenarte de oro? Sos un hijo de puta… ¡Metete la propuesta en el culo!

—Juani, no me abandones. Burán no es cualquier desconocido, quiero vengarme de él.

—¡Ah!, ¡se trata de él! —dijo ella como si la revelación de Álvez la calmara—. Contame todo, Esteban.

El ginecólogo se reclinó en un sillón, tomó a Juanita de una mano y le habló:

—Sí, también se trata de tu amigo Roberto Burán… Por su culpa perdí más de seiscientos mil dólares. El juez me obligó a indemnizar a una mujer de ochenta, resolvió que le había comprado una casa a un precio vil. Burán era abogado de la vieja y convenció al juez de que había abusado de ella porque existía una gran desproporción entre el valor real y lo que yo había pagado. Te la hago corta, no solo perdí el inmueble; tuve que cubrir los gastos, pagarles a los abogados y al perito tasador. Un desastre, apenas pude recuperarme del golpe. Como ves, tengo motivos para odiarlo.

Juanita asintió comprensiva y dijo:

—Recuerdo que el juicio iba para la mierda. Pero él solo hizo su trabajo, ¿no es así?

Álvez se puso serio; pensó un instante lo que iba a decir y comentó:

—No sé… No quiso negociar. Lo quiero joder como sea. Quiero la revancha…

Juana Artigas lo miró con afecto; Álvez lograba conmoverla, pero le dijo:

—No lo haré.

Álvez preguntó irónico:

—¿Ni por diez o quince millones de dólares?

Juanita quedó atónita. Contestó vacilante:

—Contame más. —Y agregó bromeando—: ¿Cuándo me tengo que acostar con tu amigo? ¡Ojo!, es un chiste.

Álvez sonrió y siguió explicándole:

—Roberto Burán vivió su infancia y su juventud casi en la pobreza, después de recibirse de abogado pudo mejorar su nivel de vida, pero nunca pudo tirar manteca al techo. Es profesor universitario, se destaca del montón sin ser una estrella. Hace seis meses falleció su padre que tenía muchos campos. Por lo bajo, su patrimonio era de ochenta millones de dólares. Burán no desdeñó su herencia, aunque hacía años que no veía a su millonario papi. De golpe, nuestro Robertito se apropió de una fortuna. Una parte debe ser para nosotros, ¿no te gustaría? La mitad sería tuya, viviríamos como reyes...

Juanita movió su cabeza dubitativa:

—Me pedís demasiado... ¿Hasta dónde querés llegar? No quiero tener un hijo con él.

Álvez contestó rápido:

—Te convendría tenerlo.

Juanita habló en voz baja:

—Roberto me odia, no dejará que me acerque. Hace años, revelé secretos de su estudio y le enquilombé la vida. Si de milagro pudiera acostarme con él, se cuidaría de embarazarme más que de mearse en la cama, ni sueñes que será boludo. Tiene sus sentimientos adormecidos, espera a una mujer que lo haga soñar, que lo haga sentir enamorado, conmigo estará más frío que un iceberg, ni pienses que me dará bola.

—No te preocupes Juani, de eso me encargo yo.

—Cortala, Esteban, ya te dije, no quiero tener un hijo con él.

—Hablemos claro, querías tener un chico de soltera, solo te asustaba su crianza y la manutención. Te estoy ofreciendo eso: un hijo.

Juanita se ruborizó, algo muy raro en ella.

—Yo hablaba de uno tuyo…

Álvez restó importancia a la confesión de Juanita.

—No seamos emocionales, Juani, es sano e inteligente, tiene pinta, tu pibe vendría forrado de billetes, ¿qué más querés? Sería nuestro secreto, ¿no te gusta?

—No entiendo, Esteban. Te dije que no me podría acostar con Roberto, pero igual insistís en que me embarazará.

—No tendrás que acostarte con él. Sería bueno si pudieras hacerlo para que él se creyera el padre, aunque no será necesario. Sé que Burán no se encama con cualquier mujer, pero igual caerá, ya lo verás…

—¿Sí? No entiendo, ¿cómo?

—Inseminación artificial, Juani.

La respuesta paralizó a Juana Artigas, aunque le pareció bueno poder evitar un contacto sexual con Burán. Todavía sorprendida, preguntó:

—¿Cómo lo harías?

—Te inyectaré semen de Burán; luego le reclamarás derechos filiatorios y alimentos, tendrá que pagar… Si se hace el pesado, le comunicaré que puedo inseminar a varias mujeres más, tendré esperma suficiente.

—Entonces, ¿le reclamaría dinero en representación de mi hijo?

—Nuestro pichoncito tiene plata de sobra, no debería ser egoísta…

—¿De verdad inseminarías a otras mujeres?

—Por ahora no, le quitaría credibilidad al reclamo.

—Sos demasiado optimista —dijo ella—. No es fácil de seducir…

—Sé que no se encama con cualquiera, pero usaré a una muchacha irresistible.

—No será fácil engañarlo, Esteban.

—¡Si conocieras a Alicia no pensarías así!

Juanita hizo un gesto de reproche:

—Ya veo, ¿entonces para qué me necesitás? ¿Por qué no te asociás con la deliciosa Alicia? Seguro que ya te la llevaste a la cama. Después de todo siempre te encantó encamarte con pendejas y esclavizarlas, ¿no es cierto? Te hace sentir más joven.

—Pude hacerlo, ella no tenía escape, pero es demasiado lo que está en juego. Si todo sale bien, nuestras vidas cambiarán por completo. Pienso pedirle diez o quince millones de verdes para dejarlo en paz. Podemos mudarnos a Europa, ¿qué te parece? Este cuervo no tendrá escapatoria. Alicia Sandrelli está en mis manos, necesita que le haga un aborto a su hermanita de trece años. La pendeja se quiso suicidar y tiene problemas de coagulación. ¿Te imaginás? Está en mis garras, no tiene opción. Le hice firmar una carta que la compromete, por si piensa en traicionarme… Le dije que si ocurre algo raro se la mostraré a su padre que tuvo tres infartos y que no soportaría uno más.

—Sos un monstruo, Esteban.

—No es para tanto, Juani. Un polvo no le hará nada, no jodamos, no será tan grande el sacrificio de esta muchacha. Le dirá a Burán que use preservativo para evitar un embarazo, él no se podrá negar. Lo demás es sencillo: guardará el semen y me lo entregará. Tendremos espermatozoides millonarios en la heladera, ¿qué te parece?

—¿No terminaremos en la cárcel, che?

—¿Por qué, Juani? ¿Cómo se podría comprobar nuestra maniobra? Tengo todo calculado: vos frecuentarás a Burán con cualquier excusa, invocarás razones de negocios o de beneficencia, lo que sea. Crearemos la apariencia de que hay entre ustedes una relación sentimental. Lo ideal sería que te acostaras con Burán para que creyera que el embarazo es suyo. Si sabe que es imposible que pueda ser el padre, se resistirá como loco.

—No se dejará estafar sin dar pelea. Tendré que andar con cuidado, fingir mucho.

—Sí, deberás simular que tenés intimidad con Burán. Ir a verlo y cuando salgas de su oficina, desacomodarte la ropa para despertar sospechas. Nuestro abogadito no se podrá escapar; probaremos que es el papi de tu hijo.

—¿Cómo, Esteban?

—Las pruebas genéticas son infalibles, voy a destruirlo…

—Roberto luchará como un león.

—Pero sin chance, ya lo vas a ver. Te asistirá un asesor idóneo en estos temas, el doctor Sebastián Allegri. Sospechará, pero le diremos que has sido engañada por Burán. Nuestra relación debe permanecer oculta, así podré servirte como testigo, decir que viniste con

Roberto a mi consultorio, que él reconoció ser el padre de tu hijo en gestación.

—Me da miedo cómo reaccionaría Roberto —dijo ella—, vos no lo conocés.

—Hice la consulta en un estudio especializado de Buenos Aires, dando un nombre supuesto. Dije que estaba viviendo un caso idéntico al que vamos a generar, pedí que estudiaran todas las posibilidades legales. El asunto es laberíntico, pero tengo cubiertos todos los aspectos, inclusive el penal. El riesgo es mínimo. Y de última, ¿no vale la pena correrlo? Esto no es para cardíacos ni para pusilánimes, Juani.

—La audacia no basta, Esteban. Tenemos que ser inteligentes.

—Lo seremos, todo está bien planificado. Si aceptás ser mi cómplice, compartiremos beneficios.

—¿Y Alicia? ¿Si declara en tu contra?

—Es un riesgo, pero nada sabrá de nuestros planes, cree que una paciente moribunda pide el semen de Burán para saber si es el padre de su hijo. Alicia Sandrelli cree que no perjudicará a nadie, además, está obligada a colaborar conmigo.

—Las mujeres son jodidas, no me quedo tranquila.

—Ella tendrá que creerme, Juanita, no tiene alternativa, aun cuando supiera la verdad, ¿qué podría hacer? ¿Confesaría que le robó el semen? Además, ¿quién creería que no lo hizo por interés? Tendría que confesar lo del aborto, involucrar a la hermana, amargar al viejo que se está por morir. Demasiado complicado para Alicia, se va a quedar en el molde, ya lo verás…

—Después de que consiga la esperma, ¿qué hará? —indagó Juana.

—Desaparecerá de inmediato.

—¿Y si no te hace caso?

—Si decidiera traicionarme, ¿quién le creería? Una mujer que se acostó con la presunta víctima, ¿qué valor puede tener como testigo? Relajate, no olvides que, además, tengo la carta. Podremos demostrar que conocías a Burán, que en el momento de la concepción lo frecuentabas y que el bebé le pertenece. No me dejes solo, Juanita. Sabés lo mucho que te quiero, soy un tiro al aire, es verdad, ¿qué tiene de malo que me gusten las hembras? Disfruto cogerlas, especialmente cuando se vuelven bien putas. A vos también te gusta lo primitivo, confesalo. Dale, lo nuestro es muy distinto, te necesito, solo en vos confío. ¿Estás conmigo?

Juana Artigas pareció dudar, pero luego se arrojó en sus brazos diciendo:

—Llevame a tu cuarto, querido…

MAR DEL PLATA, VIERNES 29 DE ABRIL DE 2011

Se había anunciado con bombos y platillos la inauguración del restaurante del Iquique, de un viejo amigo de Roberto Burán. Álvez consiguió dos invitaciones a través de una clienta que le debía «favores». El ginecólogo dispuso que Alicia fuera acompañada por alguien ajeno a la confabulación contra Burán. La presencia de Alicia sin compañía alguna resultaría sospechosa. Por esa razón, la muchacha asistió con Guillermo Guiri, su primo hermano de treinta años, que le propuso desvalijar una suntuosa casa para conseguir dinero para el aborto. Alicia se puso histérica y lo obligó a jurar que no lo haría. Con firmeza, espetó:

—Ya sé que es una mierda, pero no soy ninguna mártir ni una nena violada, haré lo que sea por Mabel. Que digan que soy puta o degenerada, me importa tres carajos. Un polvo no me matará, no lo hagas más difícil, no necesito un salvador. Si no te gusta, ¡borrate! Lo importante es Mabelita, ¿entendiste?

—Sí —dijo su primo.

—Entonces no jodas más —contestó ella—, tengo que conseguir los espermatozoides de ese viejo. Ni se te ocurra contarlo, lo único que falta es que me mandes a la cárcel.

La mayoría de los asistentes eran profesionales y hombres de negocios. El lugar era cómodo y acogedor. Las mesas redondas —las había grandes y chicas— facilitaban el diálogo de los comensales. Candelabros de una sola vela proporcionaban al local un romántico toque intimista.

Alicia no debía despertar sospechas, reconoció a Burán casi de inmediato gracias a una foto que le entregara Álvez; se encontraba en un rincón conversando animado con dos personas. Lo observó, era un hombre de buena conformación física, un metro setenta y seis, cabello lacio castaño oscuro y vivaces ojos verdes. Al menos no sería tan desagradable. Aunque seguía dudando. La versión del ginecólogo era extraña, ¿sería verdadera? Imposible averiguarlo…

Alicia y Guillermo aguardaron más de una hora, buscando la mejor oportunidad de acercarse a Burán. Al fin lo vieron dirigirse a una mesa que ofrecía sándwiches calentitos, masas y bebidas. Se detuvieron a su lado despacio, el primo de Alicia inició el diálogo:

—¿Me alcanzaría el clericot, por favor?

Al entregárselo, Burán advirtió la presencia de Alicia. Su mirada color miel fue como una brisa tibia y acariciante, que le recordó una antigua caminata otoñal por los sombreados senderos del bosque Peralta Ramos, ocultos bajo el espléndido ropaje de eucaliptos y de pinos. Se sorprendió, no entendía por qué contemplar a una muchacha desconocida podía evocarle con tanta nitidez un preciso momento de un ayer lejano, una diáfana y tranquila tarde de abril, en compañía de una mujer a la que había amado en su juventud. Volvió a experimentar sensaciones ya vividas en aquella tarde remota y feliz: el aroma de las hojas quemadas, el humo que flotaba entre los árboles, las agujas de pino alfombrando el bosque.

Burán no vaciló en presentarse.

—Mucho gusto, me llamo Roberto.

—Encantada, soy Alicia; este es Guillermo, mi primo.

Ese fue el comienzo; lo demás, vertiginoso.

Fue el desamparo, o sus cincuenta años, o su deseo de sentir, o quizás el encanto de Alicia: tal vez por todo eso, Roberto actuó como un colegial. No creyó o no quiso creer que existiera algo anormal en la actitud de la muchacha. Y no se equivocó; por unos instantes, la chica había olvidado que estaba cumpliendo una siniestra misión por su hermana. De pronto, Alicia y Roberto se encontraron dialogando como si el resto del mundo no existiera, viviendo una experiencia reconfortante y mágica, inesperada para Alicia, un deleite para Burán. Nadie se acercó a ellos, Guillermo desapareció. Se sentaron en dos pequeños sillones, en el más alejado rincón de la sala, uno frente al otro.

—Ha sido una grata sorpresa encontrarte, Alicia, pensé que iba a ser otra fiesta aburrida. Odio las celebraciones ruidosas, te lo confieso, no soporto estar rodeados de pelotudos o de gente superficial. Pensarás que soy un ermitaño medio raro.

—Para nada, Roberto, tenés mucho adentro, para mí es una experiencia nueva tratar con alguien así. Las conversaciones que tengo con gente de… mi edad son distintas.

—Nunca pensaste que te divertiría hablar con un viejo, ¿no es cierto?

—No quise decir eso, además, no sos viejo. Solo quise decir que me gusta escucharte, todo lo que decís tiene sentido, siento que no mentís y que sos muy bueno.

—Solo soy un hombre común que está hablando demasiado, no es casual, me deleita estar con vos, sos increíble, tierna y tolerante. No sería suficiente que fueras hermosa, no me interesa ser un donjuán, no me satisface tener relaciones vacías. No te estoy diciendo esto para conquistarte, aunque me gustaría hacerlo. Tengo claro que sos muy joven y que merecés algo mejor que yo, pero no veo por qué no disfrutar este momento. Disculpame que sea tan directo, no concibo hablarte sin decirte todo lo que siento, o casi todo. No presumo de honestidad, tampoco me las tiro de santo, pero no te faltaría nunca el respeto. No te asustes, sé que estoy invadiendo tu intimidad, no tenés ningún compromiso conmigo, así que relájate. Te veo algo nerviosa.

—Un poco, pero no me molesta que me hables así, al contrario, es como música para mis oídos. Estoy aprendiendo. Seguí, por favor.

—Gracias, Alicia, dejémonos llevar, ¿te parece bien? Es posible que nunca más nos veamos, ¿no es cierto? Si en algún momento te sentís aburrida, ni me lo digas, sencillamente hacé la tuya y aquí no ha pasado nada, ¿estás de acuerdo?

—Sí, pero no creo que me aburra. Para vos igual, ¿eh?

—Dale, Alicia. Tenemos un pacto, ¿querés preguntarme algo?

—Sí, siento curiosidad, ¿sos casado?

—Divorciado, quince años de matrimonio y una hija, Julieta. Tuve muchas dificultades para encontrar nuevos afectos, soy propenso al aislamiento. Nunca más me enamoré. Me cuesta relacionarme, no soy capaz de decirle a una mujer que la quiero si no lo siento, ni aun haciendo el amor. Eso me complica, aunque a veces tengo que disimular, porque para decir algunas verdades hay que ser muy cruel y no quiero serlo. Cuando prometo algo me esclavizo a mis palabras, por eso me resisto a expresar amor sin sentirlo, aunque algunas mujeres prefieren a veces una mentira, exigiendo ser amadas. Hace años que no puedo hablar tan franco como lo estoy haciendo con vos. Despertás algo en mí que estaba como dormido.

—Gracias, Roberto, me siento honrada, me alegra que puedas hablar así conmigo. Pero no entiendo bien, ¿después de tu divorcio no tuviste otras relaciones?

—Sí, las tuve, pero solo como amigo-amante, aclarando desde el inicio que no simularé estar enamorado. La amistad sexual entre un hombre y una mujer es algo difícil de mantener, es una situación inestable, imprecisa e incierta. Pero tiene aspectos positivos, jamás me aprovecharía de una amiga íntima.

—Sería incapaz de tener una relación de amiga-amante, creo. No tengo una gran experiencia con hombres, pero siempre sentí que era necesario estar apasionada y sentir cariño.

—Claro, es lo natural. Lo pasional es hermoso, pero sin un sentimiento profundo nunca pude experimentarlo. Ojo, el sexo me gusta, a veces lo disfruté sin amor. Pero es otra cosa. Además, es una cuestión filosófica, quiero gozar la vida lento, sin atragantarme con ella, paladear cada instante. No me interesa el placer fuerte cercano al dolor, ni buscar sensaciones orgásmicas. Quiero vivir de manera pausada cada momento, sintiéndole el sabor y el aroma. Me gusta que cada minuto se deslice despacio.

—Siento algo parecido, Roberto, me gusta sentirme tranquila, que nadie me apure.

—Estar en paz es prioritario, Alicia, por eso, cuando pienso en la felicidad, siempre imagino un paisaje cordillerano del suroeste argentino.

—No conozco esa zona, me dijeron que es muy bonita.

—Tal vez algún día podamos ir juntos, ¿quién lo sabe? No te asustes, no te lo tomes tan en serio, solo fue una expresión de deseos.

—No te disculpes, dijimos que nos dejaríamos llevar, ¿no? Seguí contándome… Me impresiona tu capacidad de análisis, me parece raro, porque sos racional y equilibrado, pero también poético, melancólico y afectuoso. Tenés lo tuyo, ¿no?

—Falta que conozcas mis defectos, Alicia. Ahí me derrumbaré ante tus ojos, seguro.

—No creo que eso suceda, por más mala fama que te hagas.

—A veces soy jodido y reacciono mal, especialmente porque no soporto las conductas autoritarias. Soy algo iluso, sueño con un mundo tolerante de libres pensadores.

—Me encantaría vivir sin abusos, pero he tenido malas experiencias. Terminé la secundaria a los diecisiete, tuve que trabajar para ayudar en casa. Me cansé de soportar insinuaciones y hasta acosos sexuales, alguna gente es asquerosa. La necesidad es horrible, muchos pretenden aprovecharse de eso.

—Me imagino, Alicia, lo que habrás sufrido, sos demasiado hermosa. Tenés razón, mucha gente es una basura. Tuve la suerte de no padecer abusos, aunque en mi juventud no tuve fortuna y tuve que trabajar fuerte para recibirme de abogado. Tu situación era muy diferente, es claro, lamento mucho que hayas tenido esas malas experiencias.

—Las sigo teniendo. Estoy tratando de buscar escapes a esta situación. Ya veré qué hago.

—Tenés que esforzarte, todo está en vos. Tenés que pensar en algo que te pueda dar independencia, no depender de ningún hijo de puta. La libertad es todo, si no te podés sostener económicamente, siempre serás esclava de algo o de alguien. Tenés que ponerte las pilas, no lo dudes. Ojalá pudiera ayudarte en algo. Te puedo recomendar algún trabajo aceptable, orientarte en una carrera, lo haría con gusto.

Alicia hacía grandes esfuerzos para no recordar por qué estaba hablando con Burán, se encapsuló en la situación, concentrándose solo en el diálogo que estaba manteniendo, se dejó llevar. Emocionada, dijo:

—Gracias por tus buenos deseos, voy a seguir tus consejos, siempre fui una buena alumna, sé que puedo lograrlo, aunque tenga poco tiempo para estudiar.

—Así me gusta, verte decidida. El del dinero es un tema delicado. Para mí es fácil decirlo, porque recibir la herencia de mi padre me dio mucha libertad, pero no olvido lo que decía un anciano amigo judío: «Las cosas más importantes de la vida son gratis».

—Creo que es así —dijo Alicia—. Pero cuando estás en una situación de apuro sin una moneda es terrible, te lo aseguro. No se lo deseo a nadie.

—¿Estás en problemas, Alicia?

Le costó tener que mentir:

—No, solo te lo comentaba porque en el pasado sí estuve.

—Es algo doloroso que se aprovechen de tu necesidad. ¡Huy! Hace como tres horas que estamos conversando, ¿viste?, se fueron casi todos, recién ahora me di cuenta. En este tiempo, no dijiste nada que me disgustara, todo me pareció perfecto, ¿será parte del hechizo?

—No soy ninguna hechicera, aunque me gusta que lo digas. Decime, no tengo claro si sos o no feliz, me parece que te están faltando cosas, ¿no?

—Algunas sí, no demasiadas, pero importantes. Ya es un tema llevar dignamente los cincuenta, pesan sobre los hombros. Siento nostalgia por el ayer transcurrido tan rápido, por la juventud, por la infancia de mi hija, por mis romances de adolescente, por los gratos momentos del pasado, aunque estén algo borrosos.

—Bueno, Roberto, es algo natural, ¿no? Siempre debe pasar eso, yo también recuerdo cosas lindas y las extraño. Pero lo importante es el futuro, ¿no?

—El futuro es inquietante, difuso, inaprehensible e incierto. Pero lo que me impresiona es el presente porque es efímero y se escabulle. Como estar frente a un tránsito vertiginoso que solo me permitiera captar algunas escenas. Entre los amaneceres y las puestas de sol, pocos minutos; un día entre los fines de semana. Cada 31 de diciembre, el brindis encierra la ausencia de un año huido, volatilizado y la certidumbre de otro, fugaz, embustero. Cuesta navegar en esta corriente torrentosa. En este momento, no, me aparté de ella y estoy en paz, el tiempo se detuvo y transcurre lento, cada segundo lo estoy disfrutando, podría seguir así hasta el amanecer, o más. ¿Te parezco un cincuentón demasiado pelotudo?

—Para nada, Roberto. Al contrario, estoy impresionada por todo lo que me estás contando, no te imaginás cómo me impactó conocerte. Ni por un instante he pensado que me llevás muchos años, eso es algo nuevo para mí, nunca hubiera imaginado que podía ser de este modo. No creas que te estoy dorando la píldora.

En el establecimiento solo habían quedado los mozos, levantando los platos y limpiando las mesas. Era hora de retirarse. Salieron del restaurante, vinculados por un misterioso lazo afectivo tan perceptible como la misma oscuridad. Comenzaron a caminar por la costa.

Roberto fue el primero en expresar sus emociones:

—Es increíble, Alicia, la magia de tu presencia; cambiaste mi mundo, la brisa transporta perfumes desconocidos; todo parece más brillante, más nítido; me siento capaz de seguir hasta el amanecer, de explorar nuevos territorios, de experimentar nuevas sensaciones, de activar mis sentimientos anestesiados. No lo puedo creer.

—Yo tampoco, Roberto, como si te hubiera conocido de toda la vida. Todo fluye fácil, algo natural, como que pudiéramos dejarnos llevar, como flotando libres, sin dudar que nos entenderemos. Tal vez me esté engañando, apenas te conozco, pero presiento que no. Nunca imaginé que me pasaría algo así.

—Es muy grato caminar con vos por esta rambla, Alicia. Me ha visto pasar cuando era niño, ahora me recibe en mi madurez. Soy el mismo, idéntica sustancia; me cuesta ver la diferencia entre el chico y el hombre. Tal vez sea cierto que el anciano sea solo un adolescente con años. No tenés idea de lo importante que es para mí haberte conocido, me hace soñar, me da la esperanza de volver a sentir.

—No sos ningún anciano, creo que tenés el alma pura de un niño.

—Espero no defraudarte, Alicia, tengo mucho que agradecerte, aunque fuera solo por lo que me has brindado esta noche…

Alicia bajó los ojos, recordó que era una estafadora, pero lo que sentía por Roberto no era simulado. Era algo que jamás habría imaginado sentir, absolutamente espontáneo.

Caminaron durante horas, confesándose los detalles de sus vidas con absoluta sinceridad. Alicia solo ocultó que estaba cumpliendo una aberrante misión, no tuvo otra opción, aunque varias veces sintió la necesidad de revelarlo todo. Pero la vida de Mabel estaba en juego. Tomaron un café en un pequeño local con vista al mar, llegaron a Playa Grande, volvieron hasta el Torreón del Monje (remedo de castillo al final de la bahía más céntrica), cerca de las playas más populosas de Mar del Plata. A cada paso se sentían más unidos, caminaban tomados de la mano; no hubo otro acercamiento, no tuvieron deseos de traspasar esos límites. Alicia recordaba de a ratos, en súbitos ramalazos de memoria, que él pronto sería su víctima, pero apartaba esa idea; se decía a sí misma que por esa noche lo olvidaría. Estaba cautivada por Roberto, por su afectuosidad y por su respetuoso trato, si eso no era amor, era algo muy parecido. Además, le gustaba su rostro, no lo veía como un hombre hermoso, pero sí como alguien muy atractivo; sus rasgos eran armónicos y transmitían una equilibrada masculinidad. Alicia pensó que muchas mujeres lo encontrarían irresistible. Además, se sentía protegida, un sentimiento nuevo para ella que le proporcionaba una extraordinaria paz.

«Mañana será distinto», se dijo, «lo traicionaré».

La costa de Mar del Plata estaba oscura y solitaria, ya casi al filo de la madrugada buscaron un sitio que los protegiera del aire frío. Se sentaron sobre una roca dispuestos a contemplar el amanecer; estaban cansados y con poco abrigo. Ansiaban ver el sol naciente, creían que esa próxima alborada sería eterna. Un súbito y ligero resplandor aclaró el horizonte, iluminándolo tenue en un punto elegido, mágico y universal. Un diminuto y curioso ojo de fuego escudriñó el mundo. Creció lento sobre el mar, como una perezosa explosión; su ascenso fue gradual, pero constante. El sol fue ocupando espacios mayores, reflejándose en las aguas del océano, formando un hongo fantástico de raíces acuáticas y de cresta celestial. Como si hubiera estallado una silenciosa, pausada y benéfica bomba nuclear que, divorciándose del mar, se hubiera desembarazado del alba.

El mágico encanto de la situación se fue diluyendo, dejando en Alicia y en Roberto la sensación de haber presenciado una cópula sublime. Sin saber por qué, sintieron la necesidad de fundirse en un abrazo, de apretarse fuerte como dos náufragos que, de manera fortuita, encuentran socorro. Ese hondo sentimiento los impulsó a unirse, a buscarse. La apetencia sexual aún no era lo primordial. Necesitaban encontrar mutua protección. Roberto se sintió pletórico al experimentar el contacto con ese cuerpo joven y tembloroso. Una magnífica juventud que vibraba al son de su música y que se le ofrecía complaciente. Observó a la muchacha en la claridad del alba, sus labios lo invitaban a besar. Los rozó suave, humedeciéndolos con ternura. Sintió por primera vez el sabor de Alicia que devolvía cada uno de sus gestos, cada uno de sus afectuosos roces. En un continuado abrazo, volvieron caminando hasta el punto de partida, no lejos de allí. Como consecuencia de la extraña comunión que habían experimentado, sabían que aquella noche no debían continuar avanzando.

Roberto se atrevió a expresarlo:

—Te confieso que desearía acostarme con vos, abrazarte tierno, sintiendo el roce de tu piel. Pero me gustás tanto que ni se me ocurre proponértelo, porque no quiero hacer nada que pueda destruir el encanto de nuestro encuentro. Presiento que de algún modo nos volveremos a encontrar, que por algún raro designio estamos destinados a pertenecernos. Tal vez esté alucinando, ¿quién podría saberlo?

—Tengo una sensación parecida, Roberto. Ha sido muy extraño lo que he sentido esta noche, no tengo dudas de que sos sincero, esa honestidad tuya me hace sentir segura, aflora en cada una de tus palabras, en cada uno de tus gestos.

Alicia odiaba hablar de honestidad cuando lo estaba engañando vilmente, pero estaba condenada.

Burán llevó a Alicia hasta la casa de una amiga. Antes de despedirse, le preguntó cariñoso al oído, mientras la abrazaba besándola leve en el cuello:

—Alicia, quiero volver a verte, ¿te gustaría?

La muchacha recordó la sonrisa irónica de Álvez, la imagen trágica de su hermana. Acostarse con Roberto le resultaría placentero; traicionarlo, despreciable. No podía elegir. Dijo con los ojos húmedos:

—Sí, Roberto, me gustaría.

Luego de arreglar su segundo encuentro, Alicia se fue entre encantada y deprimida. Roberto, esperanzado. Comenzaba un nuevo capítulo de sus vidas.

MAR DEL PLATA, LUNES 2 DE MAYO DE 2011

A las veinte, Alicia y Roberto se sentaron en un patio interior de la confitería Loretta. Grupos de adolescentes vocingleros y juguetones festejaban sus ocurrencias con regocijo y afectuosas bromas. Roberto se sentía identificado con ellos. Estaba eufórico, a los cincuenta, vivía un romance juvenil. Alicia era un magnífico paisaje, con sus *jeans* azules y una camisa celeste de tela liviana. En el cuello llevaba un pañuelo rosado a tono con sus labios. La simpleza de su indumentaria resaltaba su encanto. Burán se sentía orgulloso de exhibir a tan deliciosa mujer.

—¿Estás bien, Alicia? —preguntó.

Ella contestó intrigada:

—¿Tenés dudas?

—Sí, soy demasiado viejo para vos, tengo miedo de que estés incómoda. Te veo tan hermosa, tan fresca. Aunque a tu lado me sienta como un colegial, no creas que olvidé que te doblo en edad, es un sueño del que pronto despertaré, pero lo quiero disfrutar, aunque después me duela la cabeza, ¿entendés?

—Exagerás, Roberto, me pasa algo parecido, pero al revés…

—No entiendo, Alicia…

—Me siento insignificante frente vos, te veo tan seguro… Tenés respuesta para todo. A mis veinticinco soy atractiva, pero envejeceré pronto, si no hago algo voy a ser una mujer estúpida, arrugada e inútil. No me molesta la diferencia de edad, no te preocupes por eso. Es cierto que nunca quise salir con hombres maduros, pero con vos ni pienso en eso. Me gustaría conocerte mejor, aprendo mucho, me tratás con cariño, me siento protegida. No te ofendas, sos una mezcla de papá, de amigo, de pretendiente. Con los novios de mi edad siempre tuve chisporroteos, hubo mucho egoísmo. Con vos, me parece imposible tener ese tipo de problemas. Quizás me esté engañando, no sé…

—Comprendo que en cierta forma me veas como padre. Nada es casual.

Alicia se sintió impactada por esta última palabra. Le hizo recordar que su encuentro había sido premeditado. Se ruborizó…

Roberto no advirtió su incomodidad.

—Me hacés feliz, no quiero arrepentirme más de cosas que he dejado de hacer.

La muchacha bajó los ojos diciendo:

—Me parece bien.

—Tenés derecho a ser libre, Alicia. Tarde o temprano sentirás la necesidad de volar, ¿entendés?

—No —dijo ella, aunque sí creyó entender.

—¿Qué te puedo dar? Seguridad, algo de conocimiento, un poco de experiencia, ¿qué más?

—No seas tonto, Roberto, podés darme afecto, espiritualidad, muchas cosas más, supongo…

Alicia había pensado en el sexo, pero no se atrevió a mencionarlo.

—Está bien, voy a tratar de conquistarte, aunque digan que soy un viejo libidinoso… ¿Qué te parece?

—Me parece bien. No sos viejo, creo que tampoco libidinoso…

—Mientras lo averiguás, seré feliz teniéndote. Pero no te sientas comprometida. Aun si me dejaras, nadie nos podría quitar lo vivido, ¿es un pacto?

—Sí —dijo Alicia, mientras una brillante lágrima se deslizaba por su mejilla izquierda.

«Soy una miserable por lo que voy a hacerle a este hombre», se dijo a sí misma. «Le pagaré con mala moneda».

A las 21:30 fueron a cenar a un restaurante íntimo y acogedor en la zona portuaria que impresionó a Alicia por sus detalles de buen gusto. Gustaba de las cosas simples, pero le agradó estar allí con Roberto, arrullada por melodías acariciantes, al amparo de una cálida penumbra. Tomados de la mano, se dejaron llevar por sus sensaciones. Para Roberto todo parecía una alucinación, temía despertar sobresaltado; lo que estaba viviendo no se compadecía con su naturaleza racional. Pero su entusiasmo y su alegría por vivir tan intensos le impedían hacer análisis fríos. Si estar despierto implicaba salir de tan excitante estado de ánimo, no quería despertar; valía la pena vivir soñando. Todo se podía derrumbar, mejor disfrutarlo a pleno.

—Nada hay más exquisito que lo efímero —dijo él—. En realidad, todo es pasajero, la ignorancia nos impide comprenderlo.

Durante la cena, Alicia describió a grandes rasgos los romances que había tenido, su modesto origen, cómo tuvo que renunciar a la universidad por falta de recursos y su esfuerzo por conseguir trabajo. Aunque desconfiaba de las mujeres, Roberto no temió que Alicia tratara de lucrar con su fortuna. Intuía que disfrutaba de su compañía, no imaginó que debía cumplir una orden siniestra. El vino tinto facilitó que se hicieran confidencias y que se sintieran cómodos, hasta que desearon tener más intimidad. Él dio el primer paso al decir:

—¿Qué te parece que me gustaría hacer?

Alicia sintió un ligero estremecimiento; había llegado el momento de cumplir el terrible mandato de Álvez. Lo que estaba viviendo era conmovedor y grato, pero, en esas circunstancias, también doloroso.

«No debo perder el control», se dijo Alicia. «Mabel depende de mí… No lastimaré a Roberto. Álvez lo aseguró».

Roberto insistió con su pregunta.

—No me contestaste, Alicia. ¿Sabés lo que quiero hacer?

—Sí, Roberto, lo imagino. Quiero tenerte cerca.

Apretando suave la mano izquierda de la joven, Burán musitó:

—No te voy a presionar, ¿está bien?

Alicia asintió con un leve movimiento de su cabeza. Salieron del restaurante con plena conciencia de que iban a tener una fusión sensual, a vivir una historia de amor mil veces narrada. Pero igual sentían ser los primeros y únicos que vivirían una emoción semejante. Como dijera el poeta, creían que habían inventado el amor. Era hermosa esta infundada convicción que dinamizaba el recién nacido idilio.

Alicia oscilaba entre el encantamiento y la angustia. Cuando por un instante olvidaba su perversa misión, se veía frente a Roberto como una adolescente enamorada. Temía que esta sensación constituyera una artimaña de su inconsciente para evitar que Roberto advirtiera que era defraudado. No sabía si podría cumplir su cometido; se asqueaba de sí misma, varias veces cruzó por su mente la idea de confesarlo todo.

La mente de Alicia trabajaba febril. Pensó: «Si se lo digo, se horrorizará. Mabel quedaría desamparada de nuevo, eso no puedo permitirlo. Después de todo, Roberto no sufrirá, gozará acostándose conmigo... ¿Y si no juntara la esperma? Continuaría viéndolo; jamás se enteraría de nada, sería perfecto. Pero, ¿y Mabel? No la puedo abandonar...».

El recuerdo de su hermana borró sus últimas dudas; el tiempo apremiaba.

Se hospedaron en un confortable hotel para parejas, cercano al cementerio de la loma. Antes de entrar, Alicia se esforzó para decir:

—No tomo pastillas anticonceptivas.

—No te preocupes, pediré preservativos, aunque no me gusta usarlos.

Ocuparon una habitación agradable con hidromasaje y música suave, reservada y con luz tenue. Roberto la besó suave, aprendiendo su geografía en base a lentas caricias. Alicia lo invitaba a proseguir besando su cuello, acariciando sus muslos y su espalda. Todo parecía mágico, la piel de la joven era una invitación para los labios de Roberto, que recorrió con su boca cada vericueto de su cuerpo, acercándose a las zonas prohibidas. Las paladeó delicado; el placer de su amada era su propio deleite; sus suspiros, una melodía embriagante. Se prodigaron las atenciones que el amor ha inventado, bebieron las esencias que anuncian la explosión, evitándola a tiempo; jamás olvidarían esos momentos, el placer experimentado, el aroma de la piel amada, su agradable transpiración. Todo les parecía compatible: besarse, lamerse, aferrarse, penetrarse, era imprescindible; querían descubrir cada rincón de sus cuerpos. Una experiencia emocionante, sublimada al ser compartida. Disfrutar en la intimidad esa total desinhibición, ese brindarse por completo, ese conocerse sin límites provocó en ellos una sensación de complicidad o de connivencia en la pasión más primitiva. Para Alicia fue grato sentirse poseída, pertenecer a Roberto, aunque fuera por algunos momentos.

Cuando llegó el momento de máxima excitación, Alicia no tuvo que recordarle que debía usar un preservativo. Dominando sus instintos, hizo un alto para colocárselo, luego se apuró para poseerla: temía que la excitación lo inhibiera, que afectara su erección, dar una imagen poco viril, pero, sobre todo, no soportaba la idea de demorar la tan anhelada «apropiación» de la muchacha. Se ubicó rápido entre sus piernas y lento, pausado, afectuoso, la penetró. Hundirse en ese oasis de juventud lo revitalizó, como si sus diferentes edades se hubieran confundido, entremezclado, generando un nuevo y milagroso ser, constituido por ambos. «¿Había experimentado antes algo parecido?». Tal vez en su adolescencia, en sus primeros y fogosos romances, pero todo parecía haberse borrado ahora, solamente existía Alicia. Sus muslos firmes se escurrían bajo el cuerpo de Roberto como peces, besaba sus pechos pequeños y perfectos, lamiéndolos con avidez. Ella ardía y volaba sumergida en las sensaciones de esa excitante cópula. Sintió que era amada, deseada y protegida. Roberto incursionó en el territorio más íntimo de Alicia, acariciando sus rincones, susurrándole palabras dulces al oído, transmitiéndole un mensaje tierno y puro. Ansiaba apretujarla entre sus brazos hasta quitarle la respiración, apetecía cada trozo de la muchacha, su frescura, su sencilla belleza, el perfume de su piel y todo aquello que conformaba una oculta dimensión del placer. Había ascendido hasta un grado casi sublime de excitación.

Fue Alicia la que primero llegó al orgasmo, no había tenido relaciones sexuales desde la ruptura con su último novio —hacía más de siete meses—, extrañaba el sexo, lo necesitaba, no había encontrado la ocasión ni la persona adecuada para permitírselo. Ahora se abandonaba a su goce sin obstáculo alguno. La tensión sexual reprimida durante tanto tiempo afloró repentina y violenta. Sus contracciones la hicieron estremecer y en esa cúspide de sensaciones se sintió feliz. Roberto no fue ajeno a ese desborde, también se derrumbó, desmayándose sobre el pecho de la muchacha. Compartir sus íntimos humores los unía en lo más profundo.

Sobreponiéndose de los efectos de la sensacional fusión que había tenido con su amado, Alicia volvió en sí: recordó que debía cumplir su misión. Bajó su mano, acariciando suave el sexo de Roberto. Estaba como drogado, incapaz de tener reacción alguna. Eso facilitó el trabajo de la muchacha. Mediante lentas y cuidadosas caricias, fue retirando el profiláctico del pene del hombre. Roberto solo sintió que estaba siendo acariciado. Por fin, Alicia tuvo el valioso contenido entre sus manos, fue al baño, hizo un nudo en el extremo superior del preservativo y contempló el semen que su amado le obsequiara. Esa primordial dosis era nada menos que el precio de la salvación de su hermana, pero, además, el símbolo de la encantadora unión que habían tenido. Guardó la vital carga en un recipiente térmico que el ginecólogo le había proporcionado. Ignoraba bajo qué condiciones había que conservar los espermatozoides, aunque notó que en el interior del envase la temperatura era muy baja. Apesadumbrada, se limitó a cumplir las instrucciones.

Comenzó de nuevo a torturarse: ¿y si no le entregaba la esperma a Álvez? ¿Y si le entregaba semen de su primo? Álvez se podría dar cuenta. «Es muy riesgoso, si descubre el engaño, jamás intervendrá a Mabel. No tengo derecho a comprometer a mi primo en esta porquería».

Como siempre, volvió a pensar que estaba en un callejón sin salida. Cuando volvió a la cama, Roberto dormía con una sonrisa en los labios. La muchacha agradeció que así fuera, porque de ese modo no tendría que enfrentarlo ni disimular su traición; se recostó a su lado. Al cerrar sus ojos, la invadieron en tropel todas las experiencias que había vivido en las últimas horas. Mientras se adormilaba, desfilaron imágenes de Mabel, de su madre reprochándole lo que estaba haciendo, del inescrupuloso Álvez, hasta de su antiguo novio con el cual no se había querido casar porque comprendió que no lo amaba. Volvió a sentir la febril sensación de ser penetrada por Roberto, su orgásmico desvanecimiento. Por fin se durmió y sus fantasmas dejaron de molestarla.

A la mañana, Alicia estaba alicaída, dijo que tenía un compromiso con una compañera de trabajo. Roberto la llevó hasta su casa aceptando sus explicaciones y respetando su silencio. Antes de que descendiera del auto, la besó dulce:

—Me hacés feliz, Alicia, no quiero perderte…

Burán la vio acongojada, como queriendo huir. No se equivocaba, se torturaba por lo que había hecho; ese sentimiento suprimía todos los demás. Roberto no lo sabía, pero intuyó que algo extraño estaba pasando. Supuso que era viejo para ella, que tal vez sentía rechazo o alguna especie de asco. Alicia dijo:

—Perdoná mis lágrimas, Roberto, estoy conmovida, fue demasiado rápido. Me gustás tanto… —Lo besó cariñosa en los labios y prosiguió—: Me encantó estar con vos, nunca me sentí tan bien con alguien.

Era verdad, Alicia sentía que se había enamorado de Roberto, aunque no comprendía cómo pudo suceder en esas circunstancias. Le dolía alejarse de él, pero no tenía salida, se había comprometido con Álvez a no verlo nunca más después de conseguir la muestra de su semen. Sería su último encuentro, Álvez tenía su confesión y su padre no soportaría enterarse de todo. Con los ojos húmedos, mintió—: Te llamaré. Necesito tiempo.

Roberto acotó dubitativo:

—Respeto tu libertad, ojalá me llames.

Se despidió de él con un beso fugaz, perseguida por la imagen de Mabel, por la de Álvez sonriendo irónico; su conciencia la atormentaba. Roberto se quedó unos segundos mirándola, mientras recordaba a su hija Julieta, a su exesposa, a Estela, su primer romance apasionado. Al volver a la realidad, sintió que la vida había sido generosa con él. Cuando tenía veinte años, suponía que a los cincuenta sería un anciano. Sin embargo, todavía estaba en competencia. Más lento, más canoso, más débil, menos atlético, con menor resistencia y virilidad, pero siempre vivo, enriquecido en espíritu.

«La experiencia no es lo vivido», se dijo, «sino lo que de ello aprendemos. Alicia es tan dulce, ¿volveré a verla?».

MAR DEL PLATA, MARTES 3 DE MAYO DE 2011

Mabel Sandrelli no soportaba más tanto sufrimiento. No le habían enseñado a interpretar las voces que brotan de los más íntimos rincones, ni los impulsos indómitos, implacables, ancestrales. Como a Ulises, se le exigió que desoyera el canto de las sirenas, pero sin atarse a ningún mástil; que desatendiera por alguna inexplicada razón el inapelable llamado de la especie, el voraz apetito que cada una de sus jóvenes células tenía. La falta de información, que en toda materia se considera incultura, en cuestiones de sexo se califica de moralidad. Como si la ignorancia fuera aconsejable en algunos andariveles del saber. Desde que supo que esperaba un bebé, se convirtió en una sombra, torturada por la voz de su conciencia, era una repudiable asesina que quería destruir a su propio hijo.

Buscando refugio, visitó al padre Tomás, el cura del vecindario. Se desplomó ante él desconsolada, lloró, imploró ayuda, proclamó reiteradamente que se quería suicidar, pidió perdón, rogó ser comprendida. No obtuvo ningún consuelo, el sacerdote recitó categórico la doctrina de la Iglesia: dijo que la vida proviene de Dios, que nadie tiene derecho a cuestionarlo, que matar al bebé sería un crimen, que debía darlo en adopción. Mabel no tenía argumentos para contradecir el discurso del padre Tomás, aunque tampoco podía regalar a su hijo. La sola posibilidad de tenerlo le provocaba náuseas. No retrocedería.

MAR DEL PLATA, JUEVES 5 DE MAYO DE 2011

—Llegó la hora de la verdad —dijo Álvez—, la dosis está lista.

Estaba con Juana Artigas, a punto de inyectarle el semen de Burán: un paso sin retorno, la concepción ilícita de un hijo. Juanita estuvo a punto de arrepentirse, pero no pudo resistirse a la tentación de lograr seguridad económica y de compartir su futuro con Álvez.

—Estás ovulando, Juani, bajate la bombachita…
—¿Duele?
—Nada, relájate y mostrame tus encantos.
—No jodas, la que va a quedar embarazada soy yo…

—Estás muy susceptible, Juani, ¿tenés dudas?

—¡No!, bueno, ¡no sé! ¿Qué querés que diga? ¡Burán nos va a querer matar! Podríamos ir presos y vos pretendés que me ría.

—No más problemas económicos, nena. Burán tendrá que pagar una cuota mensual gorda que vos administrarás, es lo menos que le puede pasar. Además, ¿no dijiste que querías un chico?

—No me jodas más con eso, ya te dije que hablaba de uno tuyo.

—El que tengas ahora lo criaremos juntos, no querré ninguno más. Pensalo bien, no quiero arrepentimientos, ¿está claro?

—Es fuerte, me tengo que acostumbrar a la idea. Dame un *whisky* con hielo, por favor.

Juana se recostó sobre un sillón, era dura y cerebral, pero lo que estaban haciendo era extremo. Si quedaba preñada, caminaría sobre un campo minado. Roberto Burán no se dejaría avasallar, era legalista por convicción, aunque todo tenía un límite. Mantenía la calma porque creía que el plan diagramado por Álvez rozaba la perfección. Roberto no se moriría si le quitaban algunos millones. A ella le vendrían muy bien. Además, Burán era inteligente, sano y bien parecido, ¿qué más podía pedir para el padre de su hijo? Sí, podía pedir que fuera rico. Y lo era.

«Es jodido hacerle un hijo a Burán, pero si me hubiera acostado antes con él habría sido lo mismo, solo que con otra jeringa. Lo peligroso es que nos descubran, pero ¿cómo lo probarían?»

Cuando se hiciera la prueba genética, no habría dudas sobre la paternidad de Burán. Su hijo creería en la palabra de su madre. Habría una suculenta cuota alimentaria para cuidar que no sufriera daños psicológicos graves. Juana estaba preparada para no reconocer fronteras ni tener vacilaciones. Era capaz de fingir inocencia y de representar el rol de víctima.

Paladeó el *whisky* con satisfacción. Miró al médico y le preguntó:

—Decime, ¿qué sabés de inseminación artificial?

—El mejor abogado especialista del país me hizo un informe completo sobre las derivaciones legales de lo que estamos planeando hacer. Me salió un huevo, pero no dejé nada al azar. Sé cómo se hace la inseminación, la primera inseminación con semen de donante se hizo a fin del siglo XIX.

Juanita, más distendida, dijo:

—No inventamos la pólvora, Esteban.

—Somos creativos, Juani, si los ricachones imaginaran esto, no se encamarían más con desconocidas. Hasta masturbarse es peligroso; los espermatocitos deben estar bajo control.

—Siempre fue así, Esteban: la joven avivada que se hace preñar por un millonario. Es tan viejo como el cuento de la Cenicienta, casi te diría que es igual, pero sin amor…

—Sos aguda, me encanta eso. Cuando un hombre se acuesta con una mujer, sabe que corre el riesgo de embarazarla. Pero el pichoncito Burán no podía imaginar que el polvo con Alicia sería destinado a vos. Moraleja: si un hombre folla sin cuidar su esperma, puede llegar a tener más hijos que un pez. ¿Qué haría Burán si embarazo a una mongólica o a una negrita? Lindo regalo, ¿no? ¿Tendrá problemas raciales? —Álvez no pudo reprimir un rictus que pareció una leve sonrisa. Masculló—: ¡Se arrepentirá de haberme jodido! Estoy paladeando el sabor de mi venganza, le daremos una mordida feroz. Cuando estemos en las Bahamas tomando sol, brindaremos por Burán.

—¿Cómo harás para inseminarme?

—Sencillito, Juani, algo muy estudiado, decenas de miles de bebés nacieron gracias este sistema.

—¿No se usó para joder gente?

—Supongo que sí, pero para tener un crío, una hembra aceptable se puede encamar con cualquier macho; no necesita la inseminación. Sin embargo, algunas boludas, en lugar de disfrutar de un buen aparato, eligen una jeringa.

—No creas que es tan fácil tener relaciones con un extraño, Esteban.

—Lo ideal es que haya atracción. Yo tuve varias proposiciones, mujeres que tenían esposos estériles me pidieron que las fecundara.

—¿Y vos aceptaste, Esteban?

—Una vez, era una hermosura llena de dinero y el marido consintió que se embarazara, aunque a él le dijo que se inseminaría artificialmente, le ocultó un pequeño detalle. Me revolqué varias veces con esa jovencita, el chico nació, anda por el mundo sin saber que soy el papi. Perdí todo contacto con él. En fin, no soy un modelo de virtud, pero es la verdad, a vos te cuento todo.

—Lo estudiaste bien, ¿seguro que no es peligroso?

—Es inocuo, no pasa nada; además, conocemos a Burán. Hace unos años estabas dispuesta a encamarte con él, sabemos que es sano. ¿Estás lista?

—Lo estoy —dijo ella.

Álvez le quitó la bombacha, le puso un camisón blanco y la recostó en la camilla.

—Te inyectaré codeína para relajar al útero y evitar espasmos.

La puerta del consultorio se entreabrió levemente. Álvez gritó:

—¿Quién es?

El rostro muy sonrojado de Estela Cáceres asomó con lentitud. Se disculpó balbuceante.

—Perdone, doctor, buscaba su recetario, creí que no había nadie.

Juana dijo en forma casi inaudible:

—Esta me odia, se mea por vos.

El médico habló enérgico:

—Retírese, Estela, ¡no lo volveré a tolerar!, ¿quedó claro?

—Sí, doctor —dijo ella, llena de humillación y de vergüenza, y cerró la puerta.

Álvez se volvió hacia Juana.

—Bueno, abrí las piernitas y relajate, no será lindo como un polvo, pero el resultado te gustará. Imaginate cómo será el bebé, ¿duele? ¿No?, bien, mejor así. Descansá...

Álvez le introdujo un espéculo metálico, con el cual abrió su vagina, luego realizó una limpieza de sus secreciones vaginales con bolitas de gasa estéril. Después pinzó el labio inferior del cuello uterino de Juanita e introdujo una jeringuilla de inseminación dentro del cérvix.

—No te inquietes, Juani, vamos bien. Estoy dejando semen en la cavidad uterina, por si acaso dejaré un poco en el fondo de la vagina y en el canal cervical. Hay un óvulo listo para ser fecundado.

Te estoy sacando la pinza y el espéculo. ¡Ya está! Te pondré una almohada bajo las caderas. Deberás quedarte treinta minutos en esta posición, no estás transpirando, tu pulso es normal, ¿sentís algo?

—Estoy perfecta.

—Me alegro —dijo Álvez—, tu útero recibió una buena dosis de espermatozoides, tu temperatura es ideal y la fecha también. Para asegurarnos, mañana y pasado mañana volveremos a repetir esta operación, ¿entendido?

—Ya estoy en el baile, ¿cuándo sabremos si estoy embarazada?

—En unos días. Tengo muchas dosis todavía. Lo lamentable sería el retraso, ¡tendríamos que esperar a que volvieras a estar a punto, no sería tan grave…

—Total, el conejillo de Indias soy yo, ¿no es cierto?

—Para mí tampoco es fácil —acotó Álvez—, mantengamos el equilibrio. ¿De acuerdo?

—De acuerdo —expresó ella—, pero no quiero problemas, si me ponés esperma en mal estado y nace un bicho, ¡te mato!

—No digas boludeces, Juanita.

—¡Lo estoy diciendo en serio, che! ¿No puede ser anormal el bebé?

—Los espermatozoides están bien, estos nacimientos no tienen diferencias con los comunes, todo está previsto, guardarás reposo por unos días, te controlaré de cerca.

Ella le dirigió una mirada tierna y llena de picardía.

—¿Y ahora? ¿No haremos nada? No todas las vías están clausuradas, te dejo usar la que quieras.

—Necesitás reposo, Juanita. Tenemos que esperar. Mientras tanto, te invito a cenar a un restaurante del puerto, al que vos elijas, ¿qué te gustaría comer?

—¡Centolla! —dijo Juanita.

—¡Vale! —expresó Álvez, dándole un suave beso en la boca.

MAR DEL PLATA, VIERNES 6 DE MAYO DE 2011

El primer rostro que vieron las hermanas Sandrelli al llegar al consultorio de Álvez fue el de Estela Cáceres. Se mostraba sonriente y afectuosa; sabía que Alicia era una víctima del ginecólogo. Mabel estaba pálida, vacilante, mareada y con náuseas. Su espíritu se había quebrado, pero la idea de interrumpir su embarazo era cada vez más firme. Se quería librar con urgencia del ser que llevaba en sus entrañas, que todo volviera a ser como antes.

Alicia le había entregado a Álvez el semen de Burán y ahora temía que se negara a hacer el legrado, invocando cualquier excusa.

—Pasen, por favor —dijo Esteban Álvez, que apareció a la puerta de su despacho—. Sos Mabel, ¿no? Tenés suerte, querida, zafarás del brete. No tengas miedo, tendrás la mejor atención, un especialista colaborará en la anestesia. Para prevenir hemorragias, te daré un remedio muy bueno que he recibido de Estados Unidos. Nada te pasará, he estudiado tus análisis bioquímicos, la situación no es preocupante. Podés quedarte tranquila, tengo experiencia, ¿estamos?

—Sí, doctor, gracias —dijo la demudada Mabel.

—Así me gusta, chiquita, pasá al otro cuarto, allí está la camilla. ¿Querés entrar, Alicia?

—¿Tengo que ayudar en algo?

—En nada, te invito por si lo deseás vos o tu hermanita. ¿Qué pensás, Mabel?, ¿querés que Alicia te acompañe?

—Hasta que me duerma, luego que se vaya, no quiero que sufra viéndolo todo...

—Está bien —dijo Alicia—, entremos...

Una inyección durmió rápido a la jovencita. Alicia se retiró enseguida, estaba descompuesta.

A los treinta minutos, Mabel fue llevada por el mismo Álvez hasta un cuarto vecino. Allí la recostó sobre una cama y la abrigó con una manta; seguía dormida. Acercándose a Alicia, el médico le dijo:

—Está hecho, ha coagulado bien. Se despertará angustiada por los efectos del anestésico y por lo que vivió. Cálmala con mucha energía si es preciso. No se retiren hasta que Mabel se sienta bien, estamos solos, no he citado a ninguna paciente. Hay dos cosas que quiero decirte, ambas fundamentales. La primera: nadie debe saber lo que pactamos, ni lo que hiciste. Si faltás a tu palabra, resignate a que le envíe a tu padre la carta que me firmaste. Sería lamentable que tuviera otro infarto, ¿está?

—Sí, doctor —dijo Alicia, ocultando su indignación.

—Bien. La segunda es una buena noticia para vos, ¿sabés adónde fue la esperma?

—¿Adónde doctor?

—Al inodoro. Mi clienta falleció antes de que pudiera realizar el análisis. Aunque tu tarea fue inútil, he cumplido mi parte. Deberías ser cariñosa conmigo, ¿no te parece?

Álvez acarició los cabellos de Alicia, pretendía algo para él. Pero ella ya no se sentía comprometida, Mabel era libre. Aunque el ginecólogo retuvo la carta que la comprometía. Por eso, dijo con cuidado:

Quiero olvidarlo todo, doctor, empezar de nuevo, ¿comprende?

—Esperaba algo mejor, ya necesitarás de mí. Si me entero de que te acercás a Burán, le mando a tu

papá la confesión que me firmaste, pensalo bien…
No quiero tener problemas en el futuro, ¿entendido?

—Sí, doctor.

—Tu hermanita se está despertando. La próxima vez no tendrá tanta suerte, advertíselo. Cuando estén listas, llamá a mi secretaria, ella te abrirá la puerta. Si querés un café, pedíselo. Te espero, algún día…

MAR DEL PLATA, LUNES 10 DE MAYO DE 2011

Juanita Artigas ingresó presurosa al estudio de Roberto Burán. En voz muy alta le dijo a la secretaria de la recepción:

—Tengo que hablar con el doctor Burán., ¡urgente! Se lo suplico, solo cinco minutos, somos amigos desde hace mucho. ¡Ya!, no pude sacar turno.

Hablaba en voz muy alta, sorprendiendo a varias personas que estaban en la sala de espera.

La empleada consultó a Burán, murmurando:

—Disculpe, doctor, está la señora Artigas, como loca, quiere hablar con usted, está haciendo escándalo. No sé cómo manejarla, doctor, temo que se vuelva violenta, hay clientes escuchando…

Roberto contestó de inmediato:

—Hacela pasar al despacho pequeño, voy para allá, gracias.

Cuando se encontraron, Juanita se le echó encima para darle un abrazo afectuoso. Burán la rechazó apartándola.

—¿Qué te pasa Roberto, tenés miedo? ¿Te olvidaste de que me querías coger? Trátame con cariño, ¿sí?

Roberto fue lapidario:

—No me jodas, Juanita, hace tres años robaste datos confidenciales de un cliente del estudio, te dije que no te quería ver más, ¿por qué volvés a molestarme? Si no te vas, llamaré a la policía, así de simple. ¿Entendiste?

La expresión de Juanita cambió, bajó la cabeza en señal de sumisión y tomó el brazo derecho de Burán. En un tono casi inaudible, dijo:

—Te suplico, no me eches, sé que me porté mal con vos, pero estaba desesperada, cuando te lo explique, entenderás. Relájate, necesito tu consejo, no busco dinero, no sé qué hacer, estoy en una situación difícil, te imploro que no seas rencoroso, siempre te quise.

—Vos no querés a nadie, Juanita, sos mala. Decime rápido qué te pasa, tenés diez minutos.

La mujer comenzó a narrar una historia extrema, tratando de convencerlo de que su vida corría peligro, de que había cambiado y de que ahora era muy buena. Trató de conmoverlo, si lograba acostarse con Roberto, hasta él creería ser el padre de la criatura. Pero Burán se dio cuenta de que su visita era extraña y de que había mentido desde el primer momento. Después de escuchar el discurso de su visitante durante veinte minutos, dijo:

—Te escuché atento, Juanita, pero no te puedo ayudar. Buscate a otro abogado, hay muchos que podrán hacerlo. Tendrás que presentar una demanda judicial, no seré yo quien lo haga. Disculpame, pero tengo que seguir trabajando, tengo gente en la sala.

—Ay, Roberto, no sé cómo podés tratarme así, sos muy rencoroso, nunca te olvidé, quiero darte un beso, querido, dejame que te acaricie, no me rechaces, te lo ruego.

Burán dio un paso al costado diciendo:

—No quiero que me toques, ni escucharte, solo que salgas de mi oficina, ¡ya! ¿Comprendiste?

Juanita fingió conformarse, abrió la puerta y se dirigió hacia la salida sin poder evitar una sonrisa. Se desacomodó un poco la ropa, se despeinó el cabello y se frotó las mejillas para parecer sofocada. Y así irrumpió en la recepción, donde al aparentemente darse cuenta de su aspecto, fingió componerse.

Las personas, que ya estaban molestas porque ella pasó antes que ellos, ahora la miraron con reprobación. Ella fingió turbación, pero aun así se tomó el tiempo para atravesar el lugar arreglándose el pelo, y despedirse ruidosamente de la secretaria.

—Gracias por todo, Dios se lo pague.

Y salió con un portazo.

MAR DEL PLATA, VIERNES 6 DE JULIO DE 2011

—¡Alicia!, ¡qué lindo verte! Creí que te había perdido… ¿Recibiste mi carta? No quise ir a tu casa.

Roberto atendió a Alicia en su estudio. Hacía más de dos meses que no la veía y apareció sin aviso.

—Sí, la recibí, tenía ganas de llamarte.

—¿Por qué no lo hiciste, Alicia? Te estaba esperando…

Alicia no podía decir que Álvez se lo había prohibido. Fue difícil para ella tomar la decisión de volver, no solo porque estaba desobedeciendo la orden del ginecólogo, sino porque sentía que el engaño a Roberto había sido gravísimo, y que si seguía ocultándole la verdad la relación estaría herida desde el inicio.

Pero al final llegó a la conclusión de que no tenía sentido preocuparse: si el semen había sido desechado, Roberto no se había perjudicado. Por otra parte, ella obró obligada, estaba en juego la vida de Mabel. En conclusión, no se atrevió a revelarlo todo, resolvió que sería su secreto, sabía que no estaba bien actuar así, pero se convenció de que era lo más práctico. Saliendo de su ensimismamiento, dijo:

—No te llamé antes porque tenía vergüenza.

Burán pareció aliviado.

—Pensé que me considerabas un viejo libidinoso y repulsivo.

—No fue así, quería verte, pero tenía miedo, fue demasiado rápido, pensarás que soy fácil...

—Te extrañé mucho, ni se me ocurrió criticarte, estoy contento de que hayas venido... ¿Por qué lo hiciste?

—También te extrañaba y merecías una explicación.

—¿Es lo único que te interesa, darme una explicación?

—¿Estás molesto?

—No, te respeto mucho, sos joven y tenés derecho a tu libertad. Me encantaría invitarte a cenar, pero no quiero presionarte.

—Sería buenísimo, Roberto, ¿seguro que no tenés problema?

—Ninguno, Alicia, pero temo que desaparezcas otra vez.

—No lo haré, a menos que me lo pidas. Sé que necesitás afecto, que no tuviste un padre presente, he vuelto porque me enamoré de vos, no porque seas millonario.

—Jamás te lo pediría, me gustás demasiado… Ser rico no me marea, los bienes materiales esclavizan.

—Cuando me conozcas mejor, verás que soy una mujer sin atractivos, ni siquiera ideología política tengo.

—Es una señal de inteligencia.

—No comprendo, ¿por qué?

—Las ideologías son obra de impostores. Las doctrinas tan categóricas que pululan por doquier tienen éxito porque hacen innecesario reflexionar. Los mediocres recitan lo aprendido, sin atreverse a discutirlo, ni se preocupan por entenderlo. La mediocridad no ofrece respuestas; la inteligencia, sí: discute, pelea, controvierte, niega, critica. Como verás, no es censurable que carezcas de ideologías; eso hasta te puede enaltecer.

—Tratás de halagarme, Roberto. No tengo ideas propias ni ajenas, soy un desastre, no puedo opinar sobre nada.

—La humildad es la puerta de ingreso a la sabiduría. El mundo está lleno de infelices que opinan sobre todo sin saber nada. Es natural no tener una postura asumida. Así debería ser en la mayoría de los casos, tendríamos que cuestionárnoslo todo. Vos no estás mimetizada con el medio, no estás contaminada por la sociedad. No le pedís a nadie que te preste sus ideas, sos espontánea. Tus bienes más valiosos son la ternura, tus sentimientos, tu bondad y, como si fuera poco, tu exquisita sensualidad. ¿Me dejás darte un abrazo? Quiero sentirte cerca.

Se estrecharon afectuosos, él besó delicado su cuello.

—Bienvenida, Alicia —murmuró Roberto al oído de la joven.

MAR DEL PLATA, SÁBADO 17 DE SEPTIEMBRE DE 2011

—Somos afortunados, Roberto, tuvimos momentos mágicos, ¿no te parece?

—Seguro, espero que vivamos muchos más.

Estaban muy abrigados mirando el mar, el frío viento marino les golpeaba el rostro. Desde el cabo de Waikiki, admiraban la enorme bahía de Punta Mogotes. Las olas blanqueaban la solitaria costa, una densa bruma invadía las playas; eran felices.

«Si supiera la verdad», pensó Alicia, «qué terrible sería. No me lo perdonaría. Le he contado todos mis secretos, detalles de mi vida, de mis romances, desengaños y alegrías, salvo que lo traicioné. Ahora no me atrevo a decírselo, nunca se enterará de lo que pasó. No tiene sentido que me siga torturando».

—¿Te das cuenta, Alicia? Me enamoré de vos como un adolescente.

—Yo también te quiero, Roberto; cuando estoy con vos me siento de fiesta…

—Es el amor, Alicia, escapamos de la soledad, del sentimiento trágico de la vida. Mientras dure, ¡bienvenido sea! A veces me siento invulnerable…

—Nuestro vínculo es fuerte, Roberto, pero necesito tu ayuda, Mabel se quiso suicidar de nuevo, ayer estuvo internada en el hospital.

—¿No superó lo del aborto?

—Está cada día peor, no sé qué hacer. Se tomó un frasco entero de somníferos, zafó de milagro, le lavaron el estómago a tiempo. No tiene paz, duerme pésimo, no come, los médicos no saben qué hacer, me recomendaron que la lleve a un psiquiatra.

—Tengo el mejor candidato, un buen amigo, sensible y cordial. Lo llamaré mañana, ¿estás de acuerdo?

—Sí, tengo terror de que Mabel se mate.

—No te preocupes, Alicia, ella comprenderá que el mundo está lleno de hipocresía, no se puede sentenciar desde el cielo, los humanos estamos llenos de defectos, somos falibles y débiles. Esa es la realidad, lo demás es mentira, solo un invento de los falsos moralistas, de afuera es fácil criticar. Una cosa acerca del aborto es cierta: es una trágica opción, la elección de la alternativa menos mala. No se puede dejar de tener en cuenta el sufrimiento y la desesperación de la madre.

—Ojalá tengas razón, Roberto. No me parece tan fácil, Mabel está muy angustiada, demasiado.

—La protegeremos, Alicia. Quiero decirte algo más.

—¿Algún problema?

—Ninguno, necesito que mañana vayas a firmar una escritura.

—¿Qué tengo que firmar? Es una broma, ¿no?

—De ninguna manera, Alicia. Te doné un departamento de dos ambientes. No me costó nada, lo deduciré de impuestos, quiero que te sientas totalmente libre, sin nada a cambio, tenelo claro.

—No puedo aceptarlo, Roberto. No estaría bien.

—Ya lo hice, Alicia, firmé la escritura, solo falta tu aceptación. Me viene bien por razones impositivas. Te ruego que no te opongas.

—Es muchísima plata, una barbaridad. No quiero que pienses que me estoy aprovechando de vos.

—Te lo ofrezco de corazón, nada me pediste. Asunto terminado. Tomá esta tarjeta, es del escribano, andá mañana a las 18 horas. Está amueblado, listo para que vayas a vivir. Asunto concluido, ¿*OK*?

—Gracias, pero me siento mal.

—Yo estaré peor si no lo aceptás, usalo dos años, luego hablaremos sobre el tema. Mi voluntad es que tengas vivienda propia para siempre, estés o no conmigo, ¿me entendiste?

Alicia le dio un afectuoso abrazo, sintiendo que el fantasma de Álvez sonreía desde las sombras.

MAR DEL PLATA, DOMINGO 18 DE SEPTIEMBRE DE 2011

—¡Qué linda panza, Juani!, este chico traerá un pan bajo el brazo, ¿no?

El embarazo tenía cuatro meses.

—No te rías, Esteban, si nos sale mal esta aventura…

—¿Por qué va a salir mal? ¿No dijiste que mi plan era genial? ¿Cambiaste de opinión?

—No. Pero igual tengo miedo.

—Olvidate de esas tonterías, tu bebé está creciendo, pronto lo tendrás mamando.

—¿Estás seguro de que Burán pagará, Esteban? No será fácil, lo conozco.

—Para luchar hay que tener armas, Juani. Las tenemos todas nosotros. Te podrías haber acostado con él cuando lo fuiste a visitar. Ese detalle solo vos podrías conocerlo, no tiene escape, ¿qué podría decir? Si se negara a pagar una cuota, podría tener un accidente o una enfermedad y morirse. Tu pequeño no tendría otro remedio que heredar su fortuna. Qué lamentable sería, ¿no?

—Me imagino que lo dirás en broma, Esteban. Nunca hablamos de la muerte de Roberto.

—¿No? Me olvidé….

—¿Qué? Me estás asustando.

—Calma, madre, no nos adelantemos, esperemos la reacción de Burán, a lo mejor paga de una y zafa, tendría que imaginar lo que le puede suceder si no cede.

—No quiero hacerle daño. Temo su venganza.

—Desde el punto de vista legal no puede hacer casi nada. Otra cosa no me preocupa; tengo permiso para portar una pistola y sé cómo usarla. No creo que se atreva a agredirnos. La suerte de Burán está echada. No podemos ser blandos, hay demasiado en juego.

—No fuiste sincero, Esteban. Si lo hubiera sabido no me habría involucrado en este quilombo.

—Es tarde, querida. ¿Vos creíste que con una simple cuota alimentaria nos alcanzaría? Decí la verdad…

—Lo tenías todo pensado, sos un monstruo, Esteban. Me dan ganas de llorar…

—Cuando recibas la fortuna de este pelotudo se te va a pasar, ya lo verás.

—Es horrible, me aterra lo que estás diciendo. Además, si muriera Roberto, ¿cómo demostrarías que es el padre de mi futuro hijo?

—Se puede probar la filiación aun después de la muerte del padre. Pediríamos a un juez una muestra orgánica del cadáver. La prueba biológica nos daría certeza del resultado.

—Te volviste loco, Esteban. No lo menciones más.

—No te cargues las pilas, Juani, yo sé lo que hago. No le haré daño a Burán… a menos que resulte necesario.

—No me dijiste que estabas dispuesto a matarlo.

—Si te lo hubiera dicho, ¿no me habrías apoyado igual? Tengo contacto con un exterminador profesional que trabaja en total confidencia y anonimato… Contrataré sus servicios si es necesario, no solo para liquidar a Burán, la hija tampoco zafará.

—¿Qué estás diciendo? No me jodas. ¿Adónde me querés llevar?

—A vivir como una duquesa. No quiero tener reservas con vos. Si Burán muriera, tendría dos herederos, uno de ellos tu hijo. Por eso, tendría que morir primero la hija de él, así quedaría el nuestro como único descendiente. A su fallecimiento, toda la fortuna de Burán iría para tu bebé. ¿Te alcanzarían ochenta millones de dólares?

—Es terrible lo que decís, Esteban, una locura. No te dejes cegar por la ambición, por favor, saquemos una tajada y basta, no perdamos el control.

—Está bien, comprendo, te prometo que voy a contenerme, siempre y cuando no sea amarrete. Tenemos que asegurar nuestro futuro, ¿no?

Juanita se quedó unos segundos callada, luego dijo, como ratificando su plena complicidad:

—¿Qué tengo que hacer?

—Vas a ir a ver a un abogado: se llama Allegri. Fingirás que sos una dama burlada. Él no tiene por qué enterarse de la verdad, aunque sospeche. Cuando falte poco para el parto, intimaremos a Burán para que reconozca que el chico que está por nacer es suyo. En ese momento negociaremos fuerte; si no hay arreglo, promoveremos demanda para ir mostrando las uñas. No podemos perderla. Será un buen negocio, no tenemos que vacilar…

—Siempre terminás convenciéndome. Qué mundo le espera a mi hijo…

—No tendrá problemas gracias a nosotros y a la fortuna de Burán. ¿Estás conmigo?

Juana Artigas, asintió con la cabeza diciendo:

—Que Dios me perdone.

MAR DEL PLATA, SÁBADO 26 DE NOVIEMBRE DE 2011

A las dos de la mañana, Alicia y Roberto, a medio vestir, conversaban animados sobre la cama. Estaban en el departamento de él. Desde la mesa de luz, dos copas de champán daban guiños resplandecientes. Habían cenado, estaban sensibles y alegres.

—Me hacés feliz, Alicia. Perdoná que tartamudee, este vinito es pícaro, se mueve el mundo. Estar aquí y con vos no lo cambiaría por nada.

Roberto estaba desinhibido, con sus emociones y sentimientos a flor de piel. Alicia acarició su pelo, besó su boca suave y le dijo:

—Vamos aprendiendo, Roberto, así es la vida.

—¿La vida? Podría ser mejor si no nos envenenaran el alma con tantos prejuicios estériles. Nos encepan la mente, hacen que sea difícil comprender la verdad; comencé a verla a partir de los treinta años. Antes vivía con anteojeras...

—¿Estás de confesión? —dijo ella acariciándole tierna la nuca—, ¿quién nace sabiéndolo todo?

Burán contestó con palabras entrecortadas:

—Ni siquiera me animaba a putear. No me gustaba que los demás lo hicieran, ¿te das cuenta? Era un espléndido boludo; mi enano fascista se ponía loco.

—Yo también era un aparato, Roberto, ¿te creés que no tuve nada que aprender? Hablás como si hubieras sido un enfermo...

—¿Enfermo?, ¡eso! Tenía rigidez espiritual, una enfermedad endémica, el mundo lleno de cerebros sucios... La humanidad está infectada, plagada de ideas retrógradas y de lacras. Siempre la eterna contradicción: Khomeini frente a Neruda, Galileo frente a Torquemada, el autoritarismo ciego, religioso, sexual, educativo, social, frente al humanismo abierto de Bertrand Russell, la mayoría de los hombres vive en las tinieblas.

—Antes era peor, acordate de la antigüedad, todo era oscuro —opinó Alicia.

Roberto besó tierno la boca de su amada.

—No estamos en la oscuridad solo por ser incultos, lo peor es que no vemos la luz de la verdad, no advertimos los peligros del autoritarismo, todo lo enjuiciamos, prescindimos del sentimiento. Estar en las sombras es convertirse en verdugo del hombre, ¿no crees? —Alicia asintió y él siguió hablando—. Nos atemorizan con la fuerza, Alicita, nos marcan un sendero, sin atajos, no nos dejan ser libres. Nos inyectan creencias prehistóricas preñadas de oscurantismo, nos graban a fuego el concepto de pecado, nos obligan a negar lo evidente, a no razonar lo razonable. Si cuestionamos la idea de trascendencia, nos califican de incrédulos, jamás de librepensadores. Nos dificultan la visión, nos tapan los ojos. Llevaba mis prejuicios como lastre, advertía que me faltaba el aire, pero no sabía por qué.

　　—Siempre habrá injusticias, Roberto.

　　—Es cierto, estoy actuando como un viejo resentido y gruñón. Te aburrirás de mí, soy un pelotudo.

　　—No seas tonto, me hacés feliz. No me importa tu edad, aunque quisiera tenerte a mi lado mucho tiempo, toda mi vida… Me da miedo que te puedas morir antes que yo.

　　—Lo jodido es la incapacidad… Antes de molestar a mi familia, haría como Hemingway. Cuando tenga setenta años, vos apenas tendrás cuarenta y cinco, mal pronóstico, ¿no?

Alicia contestó rápida y firme:

—¿En veinte años? No jodas, Roberto ¿Y el mientras tanto no vale nada? Tu matrimonio duró quince; los últimos cinco los sufriste. ¿No te habías casado para toda la vida? No te preocupes tanto, che. Si te morís primero, me buscaré algún novio, no te preocupes. Pero te recordaré siempre. A lo mejor me voy antes, andá a saber. O peor, temo que te aburras pronto de mí; relájate, Robertito. Pensalo bien, me decís que hay que sentir, disfrutar, relajarse; sin embargo, tenés miedo de afrontar tu destino, de amarme sin tantas vueltas. No te entiendo…

—¡Carajo! Tenés razón… Soy un viejo pelotudo, en vez de amarte agradeciendo a la providencia, me enquilombo con dudas. Si dejo escapar la posibilidad de ser feliz a tu lado, mereceré que me aprieten las bolas con una morsa.

—¡No! Te quiero enterito. Para abusar de vos, ¿sabés? Hablando en serio, nuestro presente es lo único verdadero, nuestro futuro promete ser maravilloso.

—Sos muy joven, Alicia, pero no pretendo convencerte, si elegís estar conmigo, bienvenido sea, la opción es tuya. Después de todo, como vos decís, siempre podrás buscarte un novio joven. Me acuerdo de un amigo que siempre decía que había estado la mitad de su existencia preocupándose por catástrofes, la mayoría de las cuales nunca habían sucedido… Estoy haciendo lo mismo.

—Bien, pero no te hagas el anciano, que tenés cuerda para rato. Igual te voy a cuidar, pero solo porque necesito que estés fuerte y sanito. Tenés una mujer joven que satisfacer, no te asustes, te voy a tratar con cuidado y con mucho cariño.

—Trataré de atenderte en todo sentido; con una preciosura como vos, no será difícil. Si muero en el intento, será una hermosa forma de suicidio, ¿no? ¿Notaste que se me fue el efecto del vino? Es porque tocaste un tema que me interesa.

—Te confieso algo, Roberto, me encantaría vivir con vos, ¿no te asusta?

—Casi estamos conviviendo, ¿cuántos días a la semana te estás quedando a dormir en casa?, ¿cuatro?, ¿cinco? Dentro de poco te capturo del todo. Me gustaría tener una luna de miel sin matrimonio, ¿qué opinás?

—¡Buenísimo! ¿Adónde iríamos?

—¿Adónde te gustaría ir, Alicia?

—A cualquier lado, decímelo, Roberto.

—Podría ser Brasil o Europa, también me gustaría el sur, la cordillera. ¿Qué te atrae más, Alicia?, ¿qué preferís?

—La verdad, Europa no. En este momento no quiero excursiones o viajes largos. Brasil podría ser para quedarnos en un lugar tranquilo. A vos te gustan las montañas de la Patagonia, ¿no?

—Sí, amo esos paisajes, las aguas cristalinas, los árboles añosos, los sitios que visité cuando era adolescente. Cualquier elección sería buena, lo dejo en tus manos.

—Aluminé, Roberto, vamos allí. Sé que te gusta, quisiera conocerlo.

—Leés fácil en mi mente, sos como una brisa refrescante, una mezcla cálida de inocencia y de sensualidad. Tenés la capacidad de entenderlo todo. ¡Ojalá yo hubiera sido así!

—Tengo poco para darte, Roberto. Soy demasiado vulgar.

—No es así, creés que sé mucho porque opino demasiado, pero vos sos más sabia que yo. Vivís con simpleza, así es como debe ser. Lo idiota es conflictuarse por pelotudeces, hace muy poco comprendí que la clave es vivir con sencillez.

—Roberto, te quiero de verdad, no pienses que busco tu dinero, por favor.

—No te preocupes, te veo fresca, tan ingenua. ¿Qué más podría pedirte? Lo que vos calificás de interés económico se podría denominar ansias de protección o de seguridad. Después de todo, te puede importar que yo sea rico como a mí que seas bella. No lo analices demasiado, nos amamos condicionados por las circunstancias, por todas. No lo consideres egoísta. ¿Acaso no disfruta la madre la belleza de su hijo? Todos apreciamos la hospitalidad de un buen techo o el calor de un hogar. Nos queremos por lo que somos, no lo compliquemos, ¿de acuerdo?

Alicia pensó unos segundos y preguntó:

—¿Qué es lo que más te atrae de mí? ¿Que soy linda?

Roberto acarició sus cabellos, abrazándola, besó su cuello. Cerca de su oído, murmuró:

—Alicia, me gustan tu piel, tu pelo, tus pechos pequeños y perfectos; me gusta saborear tu boca, hacerte el amor. Pero hay más, mucho más... Disfruto el aire que compartimos. Hay algo espiritual que te rodea, una luminosidad perceptible para mí. Creo que lo que más me atrae de vos es que me enternecés el alma. Significa mucho para mí, porque la ternura no se origina a causa de un impulso sexual inhibido, ni tiene nada que ver con la avidez. Lo que más enaltece a este afecto es que no lleva en sí un interés mezquino ni una finalidad especial, ni siquiera la de concretar un contacto físico. La ternura no está limitada por condicionamientos de sexo, ni de edad, es casi intransmisible, irrepresentable con palabras. Sin embargo, se trasunta en gestos, en miradas, en imágenes y, fundamentalmente, se diferencia por el espíritu altruista y sano que la anima. Con esto, quiero expresarte que deseo tu felicidad por sobre todas las cosas y que si yo fuera un obstáculo para que la lograras, me apartaría. No concibo una unión gratificante entre nosotros si no lo es para vos, si no permanecieras a mi lado únicamente porque lo desearas. Por eso, lo que yo siento no lo quiero calificar, pero si tuviera que hacerlo, me inclinaría a decir que estoy enternecido hacia vos y te doy esta explicación para que no desvalorices lo que deseo significar. Lo cierto es que tenés el poder de sensibilizarme porque me das mucho amor. Si no fuera así, tu belleza no serviría de nada, tampoco tu juventud, te lo aseguro. Por eso, nuestra relación sería magnífica, aun si resultara efímera; estoy seguro de que nunca nos arrepentiremos de ella.

Alicia recordó súbitamente que lo había engañado, pensó como tantas otras veces en decírselo, pero no se atrevía a correr el riesgo de destruir esa felicidad que estaba gozando.

«Después de todo», pensó, «Álvez me dijo que el semen de Roberto no fue utilizado, ¿para qué revelarle la verdad? ¿A quién beneficiaría? No tendría sentido».

Alicia se quiso apartar de sus oscuros pensamientos… Abrazándose a Roberto, levantó su copa y dijo:

—¡Brindemos! ¡Por nuestra luna de miel!

LAGO ALUMINÉ, MIÉRCOLES 30 DE NOVIEMBRE DE 2011

Viajar en auto hasta el lago Aluminé implicaba un trayecto de casi mil cuatrocientos kilómetros. Alicia y Roberto atravesaron el pródigo valle del río Negro, curso de agua caudaloso y cristalino que convierte en un vergel productivo una amplia zona del país. Dejaron atrás la ciudad de Neuquén, y finalmente Zapala, enclavada en medio de la desolación y último reducto urbano previo al lago. Tomaron rumbo hacia allí, preparados a recorrer ciento veinte kilómetros de camino de montaña.

Eran las ocho de la tarde cuando, al salir de una curva, apareció sorpresivo el lago Aluminé y su apéndice, el Moquehue, que juntos se extienden por casi cuarenta kilómetros, siempre rodeados de grandes y nevadas montañas. Desde las alturas, apreciaron cómo el desierto iba desapareciendo hacia el oeste, salpicándose de vegetación, asfixiándose finalmente en ella. La muchacha quedó extasiada por la majestuosidad del paisaje.

Llegaron a su lugar de destino cuando solo faltaba una hora para el anochecer. La vista que se apreciaba desde la hostería era amplia y cautivante. Las ventanas miraban hacia el levante, de una rústica belleza, mucho más árido y yermo que el poniente. El nivel pluviométrico aumenta hacia el oeste, por tanto, la cordillera de Los Andes es el lugar de máxima humedad, allí todo se puebla de verde. Lengas, ñires, rojas flores de notros, radales, michais y una gran variedad de especies engalanan las laderas y los senderos, los pinos araucarias están presentes por doquier.

Esa noche cenaron en paz, una romántica armonía los vinculaba. La luz del hogar, su cálido abrazo, la conciencia clara del frío exterior hacían que la permanencia adentro fuera más grata. Disfrutaban de ese tibio rincón, una verdadera guarida, un manchón de irrealidad sumergido en medio del inhóspito paisaje. Al oscurecer, todo se volvió siniestro, la temperatura bajó, ráfagas de viento helado lastimaban el rostro, los sonidos se hicieron misteriosos, todo parecía hostil. Esa noche se fundieron apasionados, con una exacerbada dulzura, compartiendo un íntimo microclima aislante y protector. Afuera resoplaba bulliciosa la madre naturaleza, el viento gélido silbaba y gemía trayendo rumores extraños. En el lecho de los amantes, el deslumbrante resplandor de la pasión, el frenesí de los cuerpos al mezclarse, la humedad de los humores vertidos, música de jadeos y de suspiros.

A las diez de la mañana del día siguiente tomaron un abundante desayuno con la idea de no almorzar; alquilaron una lancha para conocer los alrededores y pescar hasta el atardecer. Zarparon a las doce, aunque no era la mejor hora para la pesca; el día era calmo y luminoso, y querían disfrutarlo. Navegaron casi seis kilómetros bordeando algunas islas y dirigiéndose a una playa visible desde la hostería, el lago parecía un gigantesco espejo en el cual se reflejaba el paisaje como un mágico duplicado.

Roberto se sentía tan feliz como cuando era un muchacho, o tal vez más, porque vivía con intensidad esos momentos, sabiendo que en poco tiempo serían parte de un nuevo ayer. Sentía que, en el futuro, recordaría ese efímero y grato presente con la misma nostalgia que ahora experimentaba por el lejano pasado. Paladeó cada instante, disfrutó cada lugar, cada palabra, cada beso, cada detalle; el milagro de intimar a los cincuenta años con una muchacha que lo hacía sentir vivo, despertando en él sensaciones y sentimientos que creía perdidos para siempre.

Estuvieron en el lago hasta que la tarde comenzó a caer. La temperatura bajó abrupta, desearon estar en un lugar más acogedor; el trajín de ese día los había fatigado. Habían disfrutado pescando cuatro truchas arco iris, una perca y una coloreada fontinalis, todas reintegradas sanas al lago. El regreso fue fantástico, los matices del paisaje se habían modificado en el atardecer; las aguas reflejaban los rayos mortecinos del sol, exhibiendo un indescriptible tono dorado. Las islas, antes acogedoras, ahora se interponían como acechantes obstáculos enemigos. Nada parecía igual, las sombras lo invadían todo, los cerros se esfumaban lento en la creciente oscuridad; la única luz que se veía en la costa era la de un antiguo almacén que, a la distancia, era como un llamado de amistad.

Cuando bordearon la última isla y divisaron la hostería, sintieron alivio; era bueno retornar al confortable albergue. Se regocijaban imaginando la ducha caliente y la sabrosa cena que los aguardaban. Dejaron la embarcación bien amarrada en el precario muelle del hostal y cargando dos bolsos que habían usado para llevar la ropa de abrigo y algunos alimentos, se dirigieron a su interior. Antes de entrar, se detuvieron a admirar el espectáculo de la bahía en el anochecer. El espejo estaba casi apagado, débiles reflejos subsistían en las aguas, dando al paisaje un toque sombrío, misterioso y hasta estremecedor. La naturaleza se imponía; el último secreto estaba allí, la gran verdad sin complicaciones superfluas yacía y palpitaba en la madre Tierra, en su pureza multiforme.

Después de la cena, tuvieron otra amable sobremesa a la lumbre de los leños ardientes. Tras los cristales empañados los acechaba la hostil oscuridad, invitándolos a la intimidad. Era una noche especial para enredarse.

A la medianoche, Roberto recibió una llamada telefónica de su hija, que con un tono que denotaba preocupación, le dijo:

—¡Hola!, ¿papá? ¡¿Me escuchás!?

—¡Sí!, ¡te escucho! ¿Qué pasó?, ¿algún problema?

Las palabras de respuesta fueron casi inaudibles:

—Papá, sucedió algo raro, no sé... Supongo que vos sabrás de qué se trata. Quise comentártelo enseguida. No te asustes, estamos bien. Hoy recibí una carta-documento dirigida a vos. No entiendo bien qué es lo que está pasando. Es de un abogado... Representa a una mujer que dice que la embarazaste. Se trata de una tal Juana Artigas, ¿la conocés?

Silencio en la línea…

—Papi, ¿estás ahí?

Roberto quedó atónito, pensando.

«No puedo creerlo, esta maldita otra vez…». Reaccionó, aparentando tranquilidad:

—Julieta, por favor, leeme la carta.

—Fue remitida desde Mar del Plata hace dos días. El texto es:

De mi consideración:

Me dirijo a Ud. en representación de la Sra. Juana Artigas, cumpliendo sus expresas instrucciones, a los efectos de manifestarle:

a) Que Ud. ha tenido con mi clienta una relación sentimental, que nacida hace varios años, se continuó recientemente.

b) Que por consecuencia de la vinculación mencionada, mi clienta se encuentra en un estado de gravidez de aproximadamente siete meses.

c) Asegura mi mandante que Ud. se niega a reconocer su paternidad.

d) En base a lo expuesto, le comunico lo siguiente:

1) Que lo intimo para que dentro del plazo de cinco días de recibida la presente se expida sobre la situación,

aclarando en forma terminante qué conducta piensa seguir. Deberá concretamente precisar si acepta o desconoce su paternidad.

2) También lo intimo, en nombre de mi representada, para que contribuya a proveer la asistencia económica que resulte necesaria para la atención del embarazo, así como para que oportunamente se solventen los gastos del parto, ya que mi mandante carece de obra social que cubra estos rubros.

3) Finalmente y por anticipado, también lo insto a que oportunamente reconozca su paternidad, inscribiendo en su momento su reconocimiento en el Registro Provincial de las Personas y que, por ende, cumplimente todos los deberes de asistencia familiar derivados de su calidad de padre.

e) En caso de negativa, o de respuesta omisiva, le aclaro que me veré obligado a proceder por la vía judicial, reclamando el reconocimiento de la filiación y solicitando la realización de pruebas biológicas para demostrarla. Sin más, saludo a Ud. atentamente, siendo la presente último aviso,

Doctor Sebastián Allegri.

Roberto hizo anotaciones casi ilegibles sin poder evitar un ligero temblor en su mano y se despidió con un murmullo que evidenciaba su turbación.

—Julietita, no te preocupes, es un invento… No pasa nada, regresaré pronto, te avisaré cuándo. Tengo tiempo para contestar esta intimación, no pienses más en esto, chau… Cuídate, por favor.

La hija de Burán estaba muy inquieta, solo atinó a decir:

—Chau, papá, te ruego me informes si algo pasa, no dejes de hacerlo… Te quiero mucho y te espero.

Cortó.

Roberto no encontraba explicación.

«Parece disparatado», pensó, «pero algo de cierto debe haber, Juanita no se arriesgaría estúpidamente. Me visitó aparentando intimidad, después se desarregló la ropa como si hubiera estado revolcándose conmigo. ¿Qué trama esta perra? Si la hubiera follado tal vez estaría perdido. No sé quién la habrá embarazado, lo bueno es que no fui yo, solo será un escándalo más, no me importa lo que puedan decir».

Más sereno, retornó a la mesa en la cual Alicia lo esperaba intranquila, había presenciado su transformación, comprendió de inmediato que algo extraño pasaba y presintió que no era nada bueno.

Roberto se sentó al lado de Alicia, suspiró largo y dijo:

—Tengo problemas, no lo vas a creer…

Roberto temía que Alicia supusiera que realmente había embarazado a otra mujer, era difícil explicarlo.

—¿Qué pasa, Roberto? ¿Un accidente?

—No, Alicia. Una antigua conocida me acusa de preñarla. Exige que reconozca al bebé y que me haga cargo de todo. No me acosté con ella, intentó seducirme, pero no quise. No alardeo, si hubiera sido otra, quizás habría sido distinto. No estoy haciéndome el santo, nunca tuve nada con ella. La atendí porque me rogó que la asesorara en un problema familiar.

Alicia, a medida que iba escuchando el relato de Roberto, se iba poniendo pálida, sintió en el abdomen un fuerte dolor, luego una sensación de náusea incontenible. Comprendió que entre la insólita carta-documento y el semen que había recolectado mediante engaño había una directa relación. La relación con el hombre que amaba se destruiría sin remedio. La situación era insoportable, se levantó despacio de su silla y se dirigió al baño, donde vomitó lo que había cenado, sollozando entre arcadas y espasmos.

«¿Qué hago ahora?», se preguntó Alicia. «No quiero seguir engañándolo. Tengo que decirle la verdad, aunque todo termine. Nunca me perdonará».

Estuvo en el baño más de veinte minutos. Roberto pensó que Alicia lo creía culpable de embarazar a Juanita y temió su reacción. Golpeó dos veces a la puerta preguntándole si se encontraba bien. Ella salió tambaleante, mareada, sintiendo un fuerte malestar en el estómago, pero, pese a su estado, decidió sincerarse.

—Roberto, tengo algo que decirte. Sé que no querrás verme nunca más. No tengo derecho a tu cariño, he obrado mal, pero no quise hacerte daño. Te quiero de verdad, no te ocultaré nada…

Burán no comprendía. Le impresionó el súbito desmejoramiento de la muchacha, su calamitoso aspecto, el llanto había hecho estragos en su maquillaje, dos largas líneas negras surcaban su rostro amarillento y desencajado.

—Roberto, no te conocí por casualidad; tuve que hacerlo, Esteban Álvez me lo exigió como condición para hacerle un legrado a Mabel. Ella había intentado suicidarse, no tenía opción. No pude conseguir los cinco mil dólares que necesitaba para pagar el aborto, mi sueldo era de trescientos. Me obligó a conseguir una muestra de tu semen. Habría hecho cualquier cosa para salvarla. No vacilé en tener relaciones con un desconocido, no tenía salida. Álvez me explicó que necesitaba tu esperma porque una paciente con cáncer terminal quería saber si el hijo de ella era tuyo o del marido, nada más. En ese momento, no pude hacer nada. Pensarás lo peor de mí y tendrás razón, pero quiero que sepas que fue angustiante cumplir esa misión. Tuve que hacerlo, pero es verdad que te quiero con toda mi alma, no te dije antes la verdad porque temía perderte. Sé que nunca más te veré, comprenderé que me desprecies...

Alicia terminó su alocución con el rostro bañado en llanto. Roberto tenía la cabeza baja, el dolor lo desgarraba, sus ojos se humedecieron con dos precursoras lágrimas. Comprendió que Juanita había sido fecundada con sus espermatozoides. Solo atinó a decir:

—¡La puta madre! ¡Por cinco mil dólares mugrosos! ¡Qué país de mierda!

Se levantó despacio, secando su llanto con una servilleta. Experimentaba por Alicia un creciente e inevitable sentimiento de rechazo. Aspirando profundo, dijo:

—No quiero verte más... Me utilizaste, fui un imbécil. Ya mismo regreso a Mar del Plata. Te dejaré dinero para que vuelvas mañana. Ahora quedate en el comedor, voy a buscar mi ropa para irme. Dejaré todo pago en la hostería, diré que parto por una urgencia empresarial, nadie sabrá lo que pasó. No me llames nunca más, por favor.

Roberto se levantó rápido y preparó su equipaje; no se podía quedar ni un instante más, no soportaba estar en el mismo sitio con Alicia. Le resultaba imposible odiarla, pero se esforzaría por dejar de quererla. La relación con la joven, que creía tan pura y desinteresada, tenía un sórdido vicio de origen. Era un doloroso golpe que le costaría asimilar. Hizo el camino hasta Zapala a gran velocidad. Esa noche la pasó en un hotel; temprano a la mañana, le pidió a Julieta que convocara a sus tres más íntimos amigos, todos ellos abogados, para reunirse a las 22 horas en su estudio. Deseaba escuchar ideas, estaba abrumado y confundido. Su especialidad era el derecho contractual, poco sabía de acciones de filiación. Partió para Mar del Plata, ansiando llegar cuanto antes, juró no rendirse, se estaba transformando en una máquina de combate. Un nuevo capítulo de su existencia había empezado.

MAR DEL PLATA, VIERNES 2 DE DICIEMBRE DE 2011

Roberto llegó a Mar del Plata a tiempo para asistir a la reunión que había convocado; sus tres íntimos amigos estaban silenciosos y expectantes. Julieta los había informado de la gravedad de la situación. Las habituales bromas brillaron por su ausencia. Burán los abrazó afectuoso.

Adolfo Bernard había sido su companero casi desde la infancia. Cursaron estudios de Derecho en la misma universidad, siempre hermanados, brindándose mutuo apoyo en los momentos difíciles y dispensándose una confianza absoluta. Con casi cincuenta y dos años, era alto, delgado, morocho y usaba un grueso bigote. No soportaba el desorden, ni la corrupción, ni la mediocridad generalizada. Su afán por mejorar el sistema lo inclinaba hacia el autoritarismo.

Federico Lizter era algo mayor, orillaba los cincuenta y tres años, era obeso, y eso le desagradaba, sin embargo, no se esforzaba por adelgazar. De mediana estatura, exhibía una larga cabellera rubia, salpicada de mechones blancos. Por su indiscutida capacidad era considerado un prestigioso jurista, su fama había transcendido los límites de Mar del Plata.

Fernando Ridenti no ejercía su profesión, se había dedicado a la actividad empresarial con éxito. Tenía cincuenta y cinco años, un metro y setenta y ocho centímetros de estatura, ojos verdes y pelo castaño. Con él, lo mejor era poner las cartas sobre la mesa, era inútil tratar de engañarlo, además de peligroso, solía ser implacable.

Además de la profesión, los tres convocados tenían otro detalle en común, que a la vez los diferenciaba de Roberto: poseían familias bien constituidas.

El despacho principal del estudio de Burán no era grande ni lujoso, pero sí confortable. Allí tomaron asiento alrededor de una antigua mesa redonda. El dueño de casa inició el diálogo hablando claro, sus compañeros también eran buenos amigos entre sí.

—Muchachos, necesito que me ayuden, no me encamé con esa mujer, ni siquiera cuando la conocí hace muchos años. No la preñé, no al menos en forma directa…

Sus amigos se miraron extrañados, no entendían bien.

Roberto prosiguió:

—Estoy seguro de que esta hija de puta fue fecundada con mi esperma.

Adolfo fue el primero que reaccionó:

—Pero ¿cómo te sacaron el semen? ¿No te diste cuenta? ¿Estabas en pedo?

Burán se sintió un estúpido.

—Fue Alicia…

Todos guardaron silencio, no la creían capaz de hacer algo así.

Roberto prosiguió:

—Lo hizo presionada por un ginecólogo, Esteban Álvez… La hermanita de solo trece años estaba embarazada de dos meses y medio. No tenía dinero ni autorización paterna para hacerse un aborto. Según Alicia, no tuvo opción. Se vinculó conmigo solo para obtener mi esperma. Cuando nos acostamos por primera vez, usé un preservativo porque podía quedar encinta. Guardó el forro para entregárselo al médico instigador; ni se me cruzó por la mente la posibilidad de que me engañara así.

Fernando preguntó:

—¿Está dispuesta a confesar?

Roberto respondió de inmediato:

—No sé, cuando me confesó todo, no quise quedarme con ella ni un instante. Imagino que querrá ayudarme, pero no podrá hacerlo…

—¿Por qué? —dijo Fernando.

—¿Quién le creería a una mujer que fue mi amante? Esta escoria, Juanita Artigas, lo hizo todo bien… En la sala de espera de mi estudio fingió que había intimado conmigo. Ahora comprendo que estaba creando una apariencia convincente, ¿quién creería que no tuve sexo con ella?

—¡Nadie! —dijeron al unísono Fernando y Adolfo.

—Juanita no está mal —agregó sonriendo Adolfo, sin que su broma encontrara eco.

Roberto siguió hablando:

—Estuve pensando durante el viaje. Soy un neófito en derecho de familia, necesito de sus neuronas. Ustedes tampoco son especialistas en la materia, pero pueden ayudarme para diagramar estrategias, tengo que pensar en algo. Me siento como perdido, no quiero actuar en un pleito propio. Necesito un asesor objetivo que analice las circunstancias, no dejar nada librado al azar. Es horrible, el bebé de Juanita será hijo mío. Podrían nacer otros, muchos más.

Federico preguntó:

—¿Estás sugiriendo que…?

Burán no dejó que terminara la frase.

—Sí. Con una muestra de esperma bien aprovechada, pueden inseminar a varias mujeres o a una sola en varias oportunidades. Pueden conservar los espermatozoides durante muchos años.

—Esta mujer tendrá que probar la filiación —acotó Adolfo—. Vos podrás desconocer al bebé.

Roberto contestó apesadumbrado:

—No lo creo, Juanita está asesorada por Sebastián Allegri, un especialista nada boludo… Si mandó la carta es porque pensó que hay sustancia para un reclamo.

La voz de Federico se hizo escuchar:

—Robi tiene razón en preocuparse… Hubo grandes cambios respecto del derecho filiatorio. No olvidemos que el Código Civil es de 1871, ¿quién hubiera soñado en ese momento que se podrían alquilar úteros para gestar el embrión de otra pareja? ¿Quién se hubiera imaginado que sería tan sencillo inseminar artificialmente?

—Nadie —dijo Fernando.

Federico completó su pensamiento:

—El hijo que te quieren endilgar tendrá toda la vida para demandar el reconocimiento de su filiación. No hay plazos de prescripción. Estás en el horno...

Adolfo Bernard agregó con preocupación:

—Y peligroso. Álvez es un reverendo hijo de puta. De eso no hay duda... De la Artigas, ni hablar, no vaciló en tener un hijo, quizás arruinándole la vida, solo por guita. Eso es lo que quieren: mucho dinero. Tal vez intentarán negociar para conseguirlo. Es probable que traten de liquidar a Roberto.

Un silencio pesado indicó que todos lo creían posible.

Federico sentenció:

—Juana Artigas pedirá análisis biológicos para probar que el bebé es de Roberto, es todo lo que necesita. Si Robi muriera, podría obtener muestras genéticas de su cadáver. O sea, ni siquiera necesitan que esté vivo, ¿está claro esto?

Roberto asintió con el entrecejo fruncido.

—Durante todo el viaje de regreso a Mar del Plata me torturó la idea de que tratarían de asesinarme. Se les facilitaría todo. Podrían concurrir uno o más hijos extramatrimoniales a mi sucesión, disputarle la herencia a Julieta. La pobre no tendría defensa, estaría jurídicamente perdida. No tendría argumentos para oponerse a la petición de la herencia por parte de un medio hermano. Debo tomar precauciones, tengo que pedirles un enorme favor…

Federico no lo dejó seguir hablando:

—Perdoná que te interrumpa Roberto… La situación es peor… Si mataran primero a Julieta y después a vos, el hijo de Juana Artigas sería el único heredero de tu fortuna. Más aún, aunque parezca monstruoso, debo decirlo: no me extrañaría que Juana Artigas asesinara a su propio hijo. En ese caso, la única sucesora sería ella, directa beneficiaria.

—¿Estos hijos de mil putas creerán que no me voy a defender? —inquirió Roberto.

Federico prosiguió, atemperando sus dichos:

—No digo que sea inexorable que suceda, pero no lo descartemos. Recapitulemos: si Julieta fuera asesinada, al morir vos, el bebé sería tu único heredero, sería instantáneamente millonario, para ellos sería un brillante negocio eliminarlo… Todos los bienes que le correspondieran al menor pasarían a su madre, sería su única sucesora. Podría disfrutar con su cómplice de tu fortuna.

—Tendrían que ser los criminales más despiadados del mundo para matar a un menor inocente, al propio hijo de Juana —musitó Fernando.

—Son capaces de hacer cualquier cosa —dijo Adolfo—. Federico tiene razón, ¿ustedes creen que tendrán reparos? Solo les importa llenarse las alforjas.

Roberto se sintió abrumado, la vida de su hija estaba en grave riesgo. Con los ojos húmedos, manifestó:

—Hay otra cosa, Álvez me odia. Hace tres años, le gané un juicio multimillonario. Cumplir la sentencia y pagar los honorarios le costó una fortuna. Estaba enardecido, quiso golpearme, me amenazó diciendo que me arrepentiría de lo que le había hecho… Pensé que no hablaba en serio, pero ahora pienso que tal vez la principal motivación que tuvo Esteban Álvez fue la venganza.

—Entonces será más peligroso aún —apuntó Fernando.

Roberto asintió con un leve movimiento de su cabeza y agregó:

—Por eso tengo que pedirles algo… Si estos delincuentes asesinaran a Julieta o a mí, quisiera que alguno de ustedes se asegurara de que fueran castigados. Son mis hermanos, lamento pedirles esto, pero no puedo consentir que estos criminales lucren con la muerte de mi familia. Dejaré doscientos mil dólares depositados en la escribanía de Antonio, que podrán ser retirados por cualquiera de ustedes. Si me pasara algo raro, si muriera en una forma violenta o sospechosa, y si algo similar le pasara a Julieta, les pido que usen el dinero para que Álvez y Juanita Artigas desaparezcan de este mundo, después de que ella haya dado a luz. Asegúrense de que al chico no le falte nada. Otorgaré un testamento a su favor para que puedan disponer de la parte de la herencia que puedo legar. Sé que es terrible pedirles que ordenen un crimen, pero si Álvez y Juana llegan al extremo de asesinarnos, no deben disfrutar ni una moneda de mi fortuna. Si alguno de ustedes no estuviera de acuerdo, lo aceptaré sin reproche y buscaré una alternativa. Pero necesito que me respondan y que, si aceptan, se comprometan. Al escribano le diré que la suma depositada les pertenece. Si no necesitaran invertirla toda, regalen el resto, hagan lo que quieran, no me importa. Espero contestación…

Los tres callaron. Durante algunos segundos, no supieron qué decir.

—Contá conmigo —expresó Adolfo.

Federico apoyó una mano en el hombro de Roberto y se lo apretó, asintiendo con la cabeza.

—Espero que no sea necesario —dijo Fernando—, lo haré solo si no tengo dudas de que fueron ellos…

Roberto dijo emocionado:

—Gracias, amigos, dejo a su criterio la forma de actuar. Con respecto a lo que dijo Fernando, si no tuvieran dudas, por favor, procedan.

Federico quiso atemperar la situación:

—Tal vez no lleguen al homicidio.

Burán anticipó su pensamiento:

—No estés tan seguro, Federico. Pero no puedo quedarme quieto, les haré saber a Álvez y Juanita que sus cabezas tienen precio y que, si nos pasa algo a Julieta o a mí, morirán… Antes de ingresar a un camino sin retorno, lo pensarán bien. Voy a vender todas mis pertenencias para bajarles las pretensiones a estos malditos. Cuando se den cuenta de que no tienen de dónde agarrarse, comprenderán que no es tan fácil estafarme. Si pongo la plata en cuentas secretas en el exterior, Julieta estará protegida.

Fernando aconsejó:

—No te apresures, te saldría una fortuna en impuestos y honorarios de escribano, tendrías que malvender los campos… No te dejes llevar por la bronca ni por el temor. Tenés que manejar las cosas con frialdad; a lo mejor conviene que primero dialogues con estos delincuentes.

Roberto contestó:

—Lo haré, aunque de solo pensarlo me hierve la sangre.

Fernando siguió desarrollando su tesis:

—Si te vieras perdido, podría ser preferible transigir.

Roberto se irguió con firmeza, diciendo:

—Si algo malo le sucediera a Julieta, haría un desastre.

Fernando insistió:

—Vos no servís para eso. Además, ¿qué harías? ¿Matar a tu propio hijo?

—No —dijo Burán—, pero Álvez merecería lo peor.

—No hay duda —dijo Federico—, pero no te enloquezcas, seamos inteligentes. No te desesperes, si te enfurecés cometerás errores. Vos sabés que ese no es tu estilo…

Roberto contestó:

—Quisiera saber qué harían ustedes en mi lugar.

Adolfo exclamó sonriendo:

—Imposible, somos casados, solo podemos tener relaciones con nuestras esposas.

Fernando quiso aquietar las aguas.

—¡Adolfo!, no es momento de hacer bromas…

Burán hizo un gesto de resignación.

—Se pueden burlar de mí, hacerme el *playboy* me puede costar el patrimonio, que aparezca una multitud de hijos a reclamarme derechos filiatorios y que asesinen a mi familia, entre otras cosas. Lindo, ¿no?

Federico interrogó:

—Decime Roberto, ¿tuviste algún tipo de contacto con ellos?

Roberto fue categórico:

—No, el único elemento que tengo es la carta-documento de Allegri. No creo que él conozca la verdad. Si llegara a sospechar que se trata de una maniobra fraudulenta, se hará el estúpido, preferirá fingir que lucha por una causa justa. No pienso ceder ante sus presiones, además, pactar con ellos no me dará ninguna garantía.

—¿Por qué decís eso? —preguntó Adolfo.

Burán respondió:

—Juanita Artigas representa a una persona por nacer. No podría reclamar nada para ella, pero sí para el chico. La ley protege al menor, tendré que asegurarle el sustento y la atención de sus necesidades básicas. No podré eludir pagar una cuota alimentaria; la fijarán en una suma importante, ya que mi patrimonio es grande. El derecho a los alimentos es irrenunciable.

Federico agregó:

—Sí, la madre no podrá realizar ningún tipo de negociación que perjudique al menor. Cualquier arreglo tendría que estar autorizado judicialmente con previa intervención de la asesoría de incapaces. Bajo pena de nulidad…

Roberto suspiró.

—Exacto. Cualquier acuerdo, por más que me ofrecieran uno muy atractivo, sería prácticamente irrealizable. Me podrían prometer el oro y el moro, pero siempre el chico tendría derecho a pedirme que reconociera ser su padre y a reclamarme todos los beneficios que la filiación implica para él. Este derecho no es renunciable, así que es imposible limitarlo de algún modo. Además, tanto Julieta como yo seguiríamos en riesgo de ser asesinados.

—Recomiendo que Roberto se asesore con un estudio de abogados capacitado sobre el tema —sugirió Federico—. Hoy hay métodos muy precisos para determinar la filiación. Las pruebas biológicas son infalibles.

—¿Cuál recomendás? —pregunto Burán expectante.

—Creo que el de Armendariz-Bareilles de la Capital Federal —contestó Federico—. Yo puedo vincularte...

—Mañana mismo —dijo Roberto esperanzado.

Federico asintió.

—Bien.

Fernando no estaba convencido:

—Que yo sepa, nadie puede ser obligado a someterse a análisis bioquímicos, ¿me equivoco?

Federico movió su dedo índice derecho, negando la afirmación de Fernando.

—Si Roberto no aceptara someterse a los exámenes y análisis filiatorios, tal oposición constituiría un indicio en su contra. Hay normas jurídicas que avalan esta conclusión y fallos de la Corte Suprema de la Nación que la sostienen. Negarse a las pruebas biológicas sería fatal para él.

Roberto acotó:

—He leído que es así. Además, quisiera decirle al juez toda la verdad, que se diera cuenta de que fui defraudado…

—¿Y la prueba? —cuestionó Adolfo—. Con el testimonio de tu examante no será suficiente.

—No sé cómo, no lo sé… ¡Algo tengo que pensar! —expresó Burán, escondiendo el rostro entre sus manos… Con los ojos húmedos y alicaído, les dijo—: Mi sangre está mezclada con esa mierda y no lo puedo evitar. Si pudiera interrumpir el embarazo…

—No está previsto —dijo Federico—, no existe posibilidad legal de hacerlo.

Fernando preguntó:

—¿De cuánto tiempo está embarazada esta turra?

—Según la carta de Allegri, de siete meses —respondió Burán. Coincide con la fecha en que tuve mi primera relación con Alicia. Si Juana Artigas hubiera quedado embarazada en esa época, la gestación debería tener más o menos ese avance.

—¡Carajo! —exclamó Adolfo.

Fernando apoyó su mano en el hombro de Roberto y le preguntó:

—¿Cómo quedaste con Alicia?

Burán contestó como si le hubieran clavado un dardo:

—Mal. Después de dejarla sola en la hostería de Aluminé, sentí como si algo se hubiera muerto dentro de mí. Me traicionó; solo me reveló la verdad cuando se vio perdida, nuestra relación está herida de muerte. Ya me ha tocado dejar de querer a pura voluntad, volveré a lograrlo. Es doloroso, pero no imposible…

Fernando trató de tranquilizarlo.

—No seas tan duro, tal vez es cierto que Alicia no tuvo opción.

Adolfo sonrió sarcástico, tratando de descomprimir la tensión, le dio a Roberto algunas palmadas suaves en la espalda, diciéndole:

—No te enojes, Robi, después de todo, los servicios de Alicia tendrán un aspecto positivo.

Roberto preguntó sorprendido:

—¿Por qué? No entiendo…

—Gracias a ella, figurarás en *El libro Guinness de récords* —aclaró Adolfo—, serás recordado como el hombre del polvo más caro de todos los tiempos.

—Además, vas a tener más hijos que el general Urquiza —agregó Fernando.

Federico dio la puntada final:

—Es muy difícil fornicar barato, Roberto. Te recomiendo comprar una muñeca inflable, me dijeron que hay unas que si las entibiás con agua, quedan deliciosas.

Los tres amigos rieron con estrépito, abrazándose mientras gruesas lágrimas caían de sus ojos. Liberaron toda la tensión que habían acumulado durante el día. Al principio, Roberto ofició de espectador con el ceño fruncido, pero enseguida se unió espontáneo al coro de carcajadas, diciendo ruidoso:

—¡Soy un piola bárbaro! ¡Un *playboy*!

Burán estaba acostumbrado a reírse de sí mismo, pero sabía que había negros nubarrones en el horizonte de su vida. La tempestad se aproximaba.

MAR DEL PLATA, LUNES 5 DE DICIEMBRE DE 2011

Alicia volvió del lago Aluminé profundamente deprimida y llena de resentimiento contra Álvez. Ya en Mar del Plata, dejó su equipaje e inmediatamente fue al consultorio del ginecólogo. Quería impedir que siguiera defraudando a Roberto, decirle que formularía una denuncia penal en su contra.

Llamó a su puerta golpeándola fuerte, omitiendo tocar el timbre, como para alertar a todo el vecindario. A los pocos segundos, Estela Cáceres estaba frente a ella, desconcertada por su actitud. La secretaria de Álvez era una mujer de treinta y cinco años, de mediana altura, corta cabellera castaña y ojos pardos, algo corpulenta sin ser obesa, desabrida y tímida.

Con el rostro desfigurado por las lágrimas y tratando de salir momentáneamente de la crisis emocional que estaba padeciendo, Alicia rogó:

—Estela, déjeme pasar por favor, quiero hablar con ese hijo de puta, delincuente, basura humana, lo voy a matar… No se imagina, Estela, lo que está haciendo y lo que hará, no tiene idea… Es un criminal asqueroso.

La secretaria de Álvez, con el índice sobre la nariz, le impuso silencio y comentó:

—Te lo ruego, Alicia, no hagas quilombo, los vecinos se lo van a contar a Álvez y después me va a preguntar qué pasó. Mejor que no se entere. Pasá a tomar un café conmigo, calmate, contame lo que te pasa.

Alicia apenas podía pronunciar palabra, ingresó al consultorio, sentándose en un mullido sofá.

—¡No puedo más, Estela! Me obligó a acostarme con Roberto Burán para que obtuviera su esperma usando un forro, inseminó a Juanita Artigas y la embarazó, ahora lo están extorsionando para sacarle dinero por la filiación. Yo los ayudé, soy una mierda y lo perdí todo.

—Calmate, Alicia, no te tortures, sé que tu hermana se iba a suicidar si no abortaba, vos quisiste salvarla, ¿no es así? No te eches la culpa.

—No tengo perdón, esta mierda de Álvez me lo tendrá que pagar, debo impedir que siga jodiendo a Roberto, no sé qué hacer, estoy desesperada.

—Te ayudaré, Alicia, en lo que pueda. Álvez tenía muchas conversaciones secretas con esa puta de Juanita. Sé que estaban preparando una inseminación, los sorprendí hablando de eso. Trataré de buscar pruebas, pero no puedo aparecer, porque perdería mi trabajo, mi madre está vieja y depende de mí. Buscaré alguna documentación, creo que sé dónde la guarda.

Alicia estaba mucho más calmada, sintió que al menos estaba haciendo algo para cambiar la situación, tal vez podría ayudar a Roberto, pensó.

—Gracias, Estela, por favor, buscá pruebas para evitar que Álvez lo joda a Roberto, que no siga cagando a nadie más. Te compensarán por la información, no tengas duda. —Alicia seguía temblando por el llanto compulsivo, pero se fue calmando de a poco, hasta que dijo—: Estoy mejor, Estela, gracias por tu buena onda, te pido que no perdamos el contacto, corrés peligro con esta bestia.

—Lo sé, Alicia, pero no me puedo ir, necesito el sueldo que me paga Álvez, se aprovecha de mí, me coge cuando quiere como si fuera una puta y me abandona después de acabar como si fuera una muñeca inflable. Lo amaba, pero ahora lo odio. Guardá este papel, allí está mi celular y mi *e-mail*. No vaciles en comunicarte conmigo si me necesitás, las dos somos víctimas de Esteban.

MAR DEL PLATA, MIÉRCOLES 7 DE DICIEMBRE DE 2011

—Adelante doctor Burán, el doctor Allegri lo está esperando.

Una elegante secretaria lo acompañó hasta el despacho del letrado de Juanita Artigas. Sebastián Allegri había adquirido un merecido prestigio como especialista en temas familiares, era un misántropo solitario y duro, inflexible con sus adversarios. Se había refugiado en su profesión, único ámbito en el cual se sentía respetado, ya que sus hijos y su mujer lo subestimaban. Había motivos para ello, ya que Allegri era miserable, un acaparador compulsivo de cada moneda; su mezquino espíritu de hucha le compelía a ahorrar hasta en lo absurdo, hasta llegar a prescindir de la calefacción durante los fríos meses de invierno. Considerando que había acumulado un cuantioso patrimonio, el desprecio que le dispensaban sus familiares estaba justificado. Tenía sesenta años de edad, era bajo, calvo, de cabellos castaños veteados de blanco. Sus ojos negros analizaban todo con velada reserva. Sin duda no era un personaje agradable ni sensible, pero Burán estaba dispuesto a intentar conmoverlo como fuera. Intentaría hacerlo diciéndole la verdad.

—Le agradezco que me haya recibido rápido, doctor Allegri. Me preocupa la gravedad de sus imputaciones…

—Perdone, doctor Burán, no son mías, sino de mi clienta, le ruego que aclaremos este punto. Solo cumplo una función profesional, la señora Artigas ha contratado mis servicios. Mi obligación es asesorarla bien.

—No lo cuestiono, doctor Allegri, pero supongo que le interesará conocer la realidad.

—Me siento obligado a decirle que la versión de Juana Artigas me parece verosímil. De todos modos, escucharé la suya…

Roberto aspiró profundo como para hacer catarsis y dijo:

—Su clienta es una estafadora. En complicidad con el ginecólogo Esteban Álvez, se hizo inseminar con mi esperma. Créame, jamás tuve sexo con Juana Artigas.

—Discúlpeme, Burán, le ruego que modere sus expresiones. Usted se está refiriendo a una persona a la que asesoro. No puedo consentir que le impute un delito tan grave a la señora Juana Artigas. Al doctor Álvez no lo conozco. Sé que es el ginecólogo de la señora Artigas y que testimoniará que usted la acompañó a su consultorio para ver si ella estaba embarazada.

—Mentira, es cómplice de Juana Artigas, me odia porque una vez le gané un pleito importante. Con su clienta tuve una relación efímera hace muchos años, pero nunca me acosté con ella. Hace algunos meses, vino a mi estudio con la excusa de que la asesorara en un problema contractual. Primero me negué a atenderla, luego la recibí porque me lo suplicó, pidiendo que la perdonara… Cuando salió de mi despacho, se comportó de manera extraña, acomodándose la ropa para que la gente que estaba en la sala de espera pensara que había tenido intimidad conmigo. Usted sabe que no vendría a contarle falsedades.

—Doctor Burán, no lo tome como algo personal, la versión de ella me parece creíble, pero la suya tiene ribetes fantásticos. ¿Me querría explicar cómo llegaron sus espermatozoides al útero de la señora Artigas?

—Extorsionaron a una hermosa muchacha para que me sedujera. Cuando tuve contacto sexual con ella, me pidió que usara un preservativo para no quedar embarazada. La joven guardó mi semen y se lo entregó a Álvez.

—No se ofenda, Burán, su historia parece de Hollywood, la realidad no es tan extravagante. Su relato parece fruto de una mente febril. Es habitual que los padres no acepten reconocer a los hijos que engendran fuera del matrimonio. Yo no voy a poner en discusión las razones que usted tiene para no querer aceptar su paternidad, pero no puedo admitir que discuta mi derecho a defender a la señora Artigas hasta las últimas consecuencias.

Roberto irguió la cabeza y dijo con voz firme:

—No me entendió. No niego ser el padre de la criatura que está gestando Juana. Solo dije que ha quedado preñada mediante una maniobra fraudulenta... ¿Quedó claro?

—Está bien, Burán, no quiero ofenderlo, ¿qué pretende de mí?

—Que conozca la verdad y que obre según su conciencia.

—Ya le expliqué que para mí la única verdad es la que me ha contado mi representada. No se sienta agraviado, si usted quiere llegar a un acuerdo, tengo algunas instrucciones de mi poderdante. Está dispuesta a aceptar que usted no es el padre del bebé que está gestando.

—No es factible jurídicamente —dijo Burán.

Allegri contestó de inmediato, como si hubiera tenido preparada la respuesta.

—Sí, ya sé lo que me va a decir, que el derecho a reclamar la filiación no es renunciable porque pertenece a su hijo y es de orden público. Es cierto, pero podríamos buscar alguna solución alternativa. Por ejemplo, que otro hombre reconociera ser el padre… Sé que siempre quedarían riesgos flotando en el aire, pero luego de un equitativo convenio económico serían casi inexistentes. En síntesis, mi clienta quiere que la compensen patrimonialmente; estima que tiene derecho a reclamar por su hijo lo que por ley le corresponde. No goza de una buena situación económica y enfrentar la vida sola le resultará muy difícil. Veo comprensible que pretenda un mejor nivel de vida. Usted está en condiciones de asegurárselo.

Burán tragó saliva, presuponiendo que le pedirían algo exorbitante. Preguntó:

—¿Qué pretende Juana Artigas?

—Tómelo con calma, la suma que solicita es elevada, pero no me parece algo desatinado, habida cuenta de las circunstancias. Voy a tratar de ser gráfico…

El niño tendrá derecho a una cuota alimentaria muy alta. Es normal que se fije como mensualidad, entre un veinte y un cuarenta por ciento de los ingresos del alimentante, o más en algunos casos… Usted es un hombre de una gran fortuna, ha heredado muchos bienes. Si se sometiera a una decisión judicial, se expondría a un alto riesgo. Me parece razonable que le asegure a mi clienta la manutención de su hijo hasta su mayoría de edad; contradígame si no está conforme con mi razonamiento. En virtud de lo expuesto es claro que el interés económico comprometido es muy grande. Pero falta lo sustancial: el derecho a su herencia.

—¡Ah!, ¿me quieren muerto?

—Prescinda de la ironía, Burán, estoy siendo respetuoso. Permita que le explique la posición de mi mandante, creo que es justa.

Roberto suspiró, estaba obligado a continuar escuchando.

«Es un reptil», pensó, «pero si lo acogoto me denunciará».

—No puede pretender que su hijo renuncie a la condición de heredero sin ser compensado…

—Con mucho dinero, ¿no es verdad? —preguntó Roberto con el rostro encendido.

—No tanto en proporción a su patrimonio, doctor Burán; usted tiene una fortuna estimada como mínimo en ochenta millones de dólares. Arreglar todo el «paquete», le costaría veinte… Creo que es una oferta tentadora, le aconsejo que la acepte. Casi le podría asegurar que después le resultará más onerosa cualquier transacción. Si llegáramos a una conciliación, podríamos suscribir en paralelo los contradocumentos que usted requiera sin comprometer a ninguna de las partes. Incluso se podría establecer alguna garantía a su favor, para cubrirlo si se produjera un nuevo reclamo en el futuro. Esto me lo sugirió mi representada; demuestra su sana voluntad de terminar aquí el asunto. Créame, Burán, no tiene alternativa. En la actualidad existen procedimientos infalibles para determinar la paternidad. Las pruebas genéticas son tan precisas como una huella digital. No tiene escape, debe aceptar la responsabilidad que le toca.

—Le repito, Allegri, que no tuve jamás relaciones sexuales con su clienta, no me dejaré extorsionar. Con el pretexto de cumplir su deber profesional, está amparando a dos estafadores. Se tendría que haber tomado la molestia de investigar un poco más quiénes son sus clientes, antes de rechazar tan de plano mi explicación. Abogados como usted mancillan nuestra profesión. A todos nos gusta ganar dinero, pero hay diversas formas de hacerlo; para usted cualquiera es válida.

Allegri se puso de pie con altanería.

—¡No le permito…!

Burán también se paró.

—¡Me lo va a permitir! ¡Cállese y escuche! Me obligan a defenderme y lo haré, pero le voy a dar un consejo, no se olvide de que este es un asunto personal y de que conmigo no se juega. En primer lugar, una advertencia que deseo le haga llegar a la inmundicia de sus clientes. Si algo me llegara a pasar a mí o a mi hija, serán ajusticiados de inmediato. Dígaselo a Álvez…

—¡Ya le dije que no lo conozco! —interrumpió Allegri—. ¡No le voy a permitir que me amenace…!

—¡No se haga el valiente, Allegri! ¡Usted me va a escuchar hasta el final! Si no lo hace, lo voy a cagar a trompadas, ¡gran hijo de una mala puta! No crea que les va a salir gratis extorsionarme, jugar con mi sangre…

Allegri se puso pálido, paralizado por el terror.

—Repito, dígale a Álvez y a Juana que si algo me llega a suceder a mí o a Julieta las siguientes víctimas van a ser ellos… Y usted cuídese, no juegue con fuego. Voy invertir lo que sea necesario para que tengan un castigo terrible si me llegara a pasar algo. Por otra parte, aclárele a sus asesorados que jamás voy a transigir con ellos. Mi dignidad no se negocia, si pierdo será en la lucha. Pero le aclaro que voy a liquidar todo mi patrimonio, no les va a quedar ni una puta moneda que disfrutar, que se olviden de mi sucesión. Conseguir la cuota de alimentos que reclaman les va a costar mucho esfuerzo. Otra cosa: que tengan mucho cuidado con las reiteraciones, si llega a aparecer otro supuesto hijo mío, no tendré piedad con ellos. Estos delincuentes van a aprender a conocer los límites. Si es necesario, invertiré toda mi fortuna para lograrlo.

Allegri escuchaba sin emitir palabra, petrificado; temía una reacción violenta de Roberto. Delicado y respetuoso, acotó:

—Doctor Burán, ¡no se ponga así! ¡Comprenda mi situación! Usted también es abogado, tenemos que vivir... No tengo nada contra usted, al contrario, estoy cumpliendo un deber, no me juzgue mal, después de todo le estoy ofreciendo un acuerdo razonable...

—¿Usted llama razonable a una propuesta que convalida una defraudación? ¿No entiende que la Artigas se embarazó solo para enriquecerse? ¡Estos delincuentes no van a cambiar! El día de mañana serán capaces de repetir esta historia; otro niño se podría presentar en cualquier momento impugnando la paternidad de quien lo inscribiera como padre y reclamando mi reconocimiento. La acción es imprescriptible, tiene toda la vida para demandar.

—Como usted quiera, Burán, no pretendo obligarlo a nada, solo le expreso mi opinión.

—Su opinión es despreciable…

—Entonces, le pido con humildad que se retire; no tenemos más que hablar. Nos veremos en los estrados judiciales, que la justicia decida quién tiene razón.

—No me venga a mí con ese verso, Allegri, ¿de qué justicia me está hablando? Sabe que estoy indefenso, que no podré probar que no tuve relaciones con Juana. Yo esperaba de usted menos hipocresía.

—Nuestro orden jurídico le brinda todas las posibilidades, úselas, Burán. Yo creo que en la magistratura está la última reserva de la poca honestidad que aún existe en este país… No hay otro medio civilizado de resolver los conflictos.

—Puede ser —dijo Roberto algo más calmo —, ya veremos… Deberé confiar en los jueces, no tengo otro camino. Pero ¡mucho cuidado!, no traspasen los límites de mi paciencia. No se olvide de comunicar mi mensaje a sus clientes.

Allegri lo saludó atento intentando bajar la tensión. Estaba decidido a seguir adelante; había pactado un cinco por ciento de honorarios sobre el monto que se obtuviera. Si tenía éxito en el juicio o lo transaba adecuadamente, podría recibir una suma muy elevada. En caso de triunfar, tendría, además, derecho a cobrarle honorarios a Burán. Era sin duda el asunto de su vida, aunque podía ser también el de su muerte…

BUENOS AIRES, JUEVES 8 DE DICIEMBRE DE 2011

—Es un gusto conocerlo, doctor Burán. El amigo Lizter me hizo llegar los antecedentes de su caso, siempre lo recuerdo con aprecio, salúdelo de mi parte.

Juan Carlos Bareilles, prestigioso jurista especializado en derecho de familia, recibió amable a Roberto. En su acogedor despacho de la calle Tucumán se percibía un delicado equilibrio entre la opulencia y la funcionalidad, una gran claridad invadía el estudio colándose a través de grandes ventanales.

El abogado era un hombre de carácter apacible, reflexivo y afectuoso, con cincuenta años de profesión y setenta y cinco de edad. Blancos y lacios cabellos caían sobre su amplia frente en raleados mechones, como una nívea lluvia capilar que resaltaba el brillo de sus luminosos ojos negros. Aunque medía un metro ochenta, parecía más bajo porque caminaba encorvado. Su aspecto era agradable y jovial. Cálido en sus manifestaciones, ingenioso en sus juicios y firme en sus decisiones, conservaba una notable lucidez y una salud de hierro. Espontáneo, todo lo resolvía con la más absoluta libertad de espíritu, como solo pueden hacerlo los ancianos y los niños. La descarnada lucha por el triunfo y la dura competencia profesional eran cosa del pasado. Como titular de uno de los más importantes estudios del país, autor de numerosos libros y publicaciones jurídicas, no se podía dudar de que había alcanzado el éxito. Ahora era selectivo, atendía solo casos que lograran motivarlo y despertar su interés. Adoraba pasar el tiempo con sus nietos o jugar al golf con sus hijos. El trabajo era para él un grato esparcimiento que daba sentido a su existencia.

El caso de Roberto le pareció difícil pero apasionante. Lo recibió dispuesto a «jugar al ajedrez» con sus circunstancias, con la entusiasta predisposición del que se dedica a armar un rompecabezas. Se ubicaron frente a un ventanal, en dos cómodos sillones enfrentados que invitaban al diálogo.

—Voy al grano, doctor Burán. Leí su carta. Ha descrito con detalle las cuestiones que le preocupan; avizoro que en breve será un erudito respecto a ellas.

—No será así, doctor Bareilles, no hay nada peor que litigar en causa propia. Soy especialista en negocios y en contratos, el derecho de familia es distinto, predomina lo afectivo, la salud y el bienestar de los niños.

—Algo de eso hay, estimado Burán, pero no crea que tanto. También en los conflictos familiares se especula. Si usted fuera indigente, nadie pretendería adjudicarle un hijo. La pobreza sería su mejor reaseguro. Lo mismo sucede en los juicios de divorcio, habitualmente se complican cuando hay muchos bienes. Los cónyuges se convierten con frecuencia en acérrimos enemigos. Todo lo destruyen en un loco afán de derrotarse que suele esconder motivaciones de lucro. No niego que puedan existir factores emocionales, pero los materiales preponderan, aunque a veces estén disfrazados o no reconocidos. Suele suceder que el interés del esposo en tener a los hijos aumenta en la misma proporción que el monto de la cuota alimentaria que debe pagar. También se da el caso de madres que lucran con la mensualidad de sus niños, usufructuando irregularmente los fondos. Los menores suelen ser víctimas e instrumentos de los padres. Digamos que el vil metal está omnipresente; el ámbito familiar, humano por excelencia, no podía ser una excepción. Los enfrentamientos entre herederos, sus encarnizadas disputas por las herencias, además de haber inspirado obras inmortales, son un dato de la realidad cotidiana. Esto no significa que sea un escéptico con relación a la naturaleza de nuestra especie. Por el contrario, pienso que el universo crece a medida que el hombre se desarrolla, tengo fe en el ser humano. A menudo, la vida nos presenta sorpresas, actitudes heroicas, altruistas. Esa tenue llovizna de humanidad produce efectos benéficos en el alma. Nos hace olvidar la bajeza de algunos sentimientos, las conductas egoístas, el desamparo de inocentes criaturas. En última instancia, nos reivindicamos por nuestros buenos actos. Pero somos animalitos muy codiciosos…

—Justamente por eso, doctor Bareilles… Quiero insolventarme, vender todo lo que tengo. Remesaría todo mi dinero al exterior, tengo contactos. Me gustaría saber su opinión, doctor…

—Mire… Mirá, Roberto… ¿Me permitís que te tutee? Tengo edad suficiente como para darme esa licencia.

Roberto dijo sonriendo:

—Desde luego, doctor, es un gusto.

—Vale… Con respecto a tu insolvencia, te sugiero que operes con cuidado. No está mal tu razonamiento, pero no menosprecies la inteligencia de tus enemigos. Ellos deben estar analizando tu situación patrimonial, pendientes del más mínimo cambio. Deben haber cursado oficios al Registro de la Propiedad y obtenido informes. Sin duda, también estarán planificando la traba de medidas cautelares sobre tus pertenencias. Si esta gente actuara de otra manera, sería estúpida, lo que sería inocente suponer. Alguien que diagramó esta satánica estrategia podrá tener mil defectos, pero difícilmente la estupidez sea uno de ellos. Si te pusieras en campaña para liquidar tu patrimonio, no solamente los impulsarías a embargarlo, sino también a tomar medidas extremas, como asesinarte, y también a tu hija, no creo que tengan muchas contemplaciones. Las medidas cautelares que ellos podrían peticionar tendrían que guardar proporción con el importe de la cuota alimentaria que le tendrías que pasar a tu hijo hasta que cumpliera veintiún años. El monto implicado sería relevante, considerando la cuantía de tu fortuna. Que disipes tus propiedades no es la panacea. Te llevaría tiempo; tendrías que resignarte a malvender, se aprovecharían de tu urgencia, de tu estado de necesidad. Si hicieras cálculos, comprenderías que un importante porcentaje de tu capital se perdería en la operatoria. Por otra parte, si advirtieran que se transfieren inmuebles sin la contrapartida de un ingreso tangible, podrían acusarte de prodigalidad. Las normas del Código Civil permitirían que el hijo de Juana Artigas, representado por ella, pidiera tu inhabilitación judicial.

—No había pensado en esta posibilidad —expresó Burán—, no recuerdo bien cómo era la figura.

—Es bastante simple —dijo Bareilles—, si se prueba que estás dilapidando tu fortuna, que ya has vaciado una parte importante de tu patrimonio, el juez podría inhabilitarte, calificándote de pródigo. En ese caso se procedería al nombramiento de un curador sin cuya conformidad no podrías disponer de tus bienes. Solamente quedarías autorizado a realizar actos de administración, siempre que el juez no te prohibiera, además, alguno en particular. Como verás, Roberto, el panorama no es nada sencillo. Te recomiendo que medites sobre esto.

—Comprendo que no es fácil, doctor Bareilles, habría contratiempos, pero no veo otra forma de cubrirme. También podría aparentar ventas, escriturarle a algún amigo, si bien es más arriesgado; de ese modo, podría concretar rápido las operaciones.

Bareilles movió la cabeza negando.

—Tené cuidado, muchacho… Siempre que se utilizan testaferros, que se falsea la verdad, esta aflora como por arte de magia. ¿Sabés qué es lo primero que haría esta mujer? Te lo diré: pediría la nulidad de las transferencias invocando una simulación ilícita, formulando denuncias penales. Te verías complicado en un problema criminal, a la par que en un juicio civil. Con esa actitud, el beneficiado sería Allegri, le darías la posibilidad de seguir ganando plata con otros jugosos pleitos. Si, una vez vaciado tu patrimonio, ellos pidieran la declaración de tu quiebra, correrías también riesgos muy grandes. En el proceso concursal, sería más fácil que se declararan inválidas las ventas con respecto a los acreedores, entre los cuales estaría tu hijo. La transmisión de tus propiedades caería dentro del período de sospecha. Se presumiría el conocimiento de tu insolvencia por parte de los ocasionales adquirentes. Casi con seguridad, puedo decirte que esas transferencias de dominio se podrían invalidar. Podría ser que obligaran a tus amigos, falsos adquirentes, a restituir todas las pertenencias al concurso, en beneficio de tus acreedores. Entre ellos, se favorecería tu hipotético hijo, representado por Juana Artigas. Es mucho mejor vender de verdad, ya que, si anularan la operación, a lo sumo se perjudicaría al que te compró, pero vos ya te habrías metido la plata en el bolsillo. Como ves, este sintético panorama no es nada alentador, esta solución puede ser un salvavidas de plomo…

—Es cierto, doctor Bareilles, el mejor consejo que se le puede dar a quien pretende insolventarse es que liquide su patrimonio de verdad. Si consigo vender, lo haré, debo asegurar que está a salvo una buena parte de mi patrimonio. No me puedo quedar quieto, piense que otras mujeres pueden ser fecundadas y multiplicarse los reclamos. Álvez es capaz de cualquier cosa.

—Tus temores son fundados, pero tengo la impresión de que este médico no se atreverá a desperdigar tus espermatozoides. Pensemos un poco: tiene que encontrar mujeres dispuestas a quedar embarazadas de un hombre desconocido. Esto en sí no es fácil: tener un chico es algo que todavía, por suerte, se considera importante. La psicología femenina es muy compleja; estoy seguro de que Álvez la conoce aún mejor que yo. El peligro de estas contrataciones es enorme. Este ginecólogo sabe que lo que hoy pacta con una muchacha, mañana puede ser radicalmente desvirtuado. Cuando una hembra tiene en su vientre algo que crece, lo siente como propio, su instinto, el atávico sentimiento de la maternidad, se impone a todo lo racional. En estas circunstancias, resulta difícil, si no imposible, controlar la actitud de una madre. Para Álvez, sería como caminar sobre terreno cenagoso. Quiso que fuera Juana Artigas quien recibiera tu esperma, ¿no te pusiste a pensar por qué?

Burán respondió con rapidez:

—Supongo que confía en ella…

—Ahí debe estar la clave, vos me explicás en tu carta que se trata de una mujer fría y calculadora, lúcida e inescrupulosa. Me sintetizaste todos los elementos que componen la personalidad de una estafadora. Álvez eligió bien a su cómplice, pero apostaría a que entre ellos existe un vínculo muy íntimo. La idiosincrasia de Álvez lo hará obrar con desconfianza; no lo veo propenso a embarcarse en aventuras judiciales y alianzas múltiples. Si él obrara así, se arriesgaría a desvirtuar la historia que ha fraguado, a restarle credibilidad. En este momento, cualquier persona se puede convencer de la verdad y de la justicia del planteo que hace Juana Artigas. Adopta la imagen de víctima, aduciendo que ha sido seducida y preñada. Pregona que busca la protección de los derechos de su futuro hijo y asegurar su sustento. Es el símbolo de la pobre señorita abandonada, frente a la del hombre poderoso. Una Cenicienta sin príncipe, usada como objeto para satisfacer los bajos instintos de un millonario. Dentro de este esquema, nuestros enemigos tienen todas las de ganar. Pero si por avaricia te presionaran demasiado y para aprovechar la carga seminal que tienen guardada, intentaran otros embarazos, su posición no sería tan cómoda. Los jueces no son ingenuos, advertirían la existencia de una maniobra fraudulenta y tratarían de evitar que tuviera éxito.

—Está bien, doctor Bareilles, pero si se promovieran otras demandas en mi contra, mi situación sería delicada. Así como ahora se me acusa de preñar a una mujer, se podría afirmar que soy un desaforado sexual, que dejé embarazadas a varias más. Las pruebas biológicas darían resultado positivo, lo único que podría oponer sería mi palabra.

El anciano jurista acotó poniéndose pensativo:

—No descarto esos riesgos, solo evalúo la situación en su conjunto. Nosotros podemos enfrentar de diversos modos este conflicto. Una opción podría ser que vendieras todos tus bienes. Pero sería irrealizable en el corto plazo sin sufrir grandes pérdidas. Solo hago hincapié en las dificultades que encontrarías si quisieras insolventarte rápido y en las que hallaría Álvez si pretendiera inseminar a otras hipotéticas reclamantes. Lo que te digo es que el esquema que él ha montado perdería equilibrio. No aumentaría sus posibilidades de lucro en la misma medida. Al contrario, cuanto más diseminara tu esperma, más personas estarían involucradas y más fácil sería que alguna de ellas confesara o buscara independizarse. Álvez no puede ignorar que el sentimiento maternal jugaría en su contra. El miedo a perder la tenencia de la criatura podría hacer trastabillar a más de una de sus colaboradoras. Por otra parte, estarías en condiciones de utilizar tu poder económico para disuadirlas y contrarrestar su plan. Si Álvez quisiera implicar a más gente, ya te lo habría hecho saber, te habría amenazado antes. Si no lo ha hecho, es porque sabe que te estaría empujando a una conducta desesperada que te obligaría a insolventarte y hasta a atentar contra su vida. Por otra parte, la imagen que daríamos ante la justicia, si vaciaras tu patrimonio, sería lamentable. Parecerías más victimario que víctima. Además, tendrías pendiente como una espada de Damocles la amenaza de más acciones judiciales por simulación, fraude, daños y perjuicios, prodigalidad. No me gusta… Toda batalla compromete nuestras decisiones. Es menester adoptar una táctica específica y continuarla firme, hasta que lo coyuntural haga aconsejable un cambio. En este punto, estás en una encrucijada: frente a las tropas enemigas, debes optar por una estrategia, solo los resultados te dirán si fue la apropiada. Para resolver, hay que considerar una multiplicidad de circunstancias. Si yo estuviera en tu piel, al menos por ahora, encararía la situación sin insolventarme totalmente. Buscaría disminuir mi patrimonio, pero de manera prudente, aguardando que las ofertas de compra fueran equilibradas. Mientras estés vivo, la ofensiva económica que ellos podrían desplegar comprometería solamente el valor de las cuotas alimentarias que como padre deberías pagar, no todo tu capital.

—Ya les he hecho llegar un mensaje por intermedio de Allegri; les he dicho que, si algo me pasa a mí o a mi hija, que se despidan de este mundo. Lo dije en serio, no puedo permitir que lucren con nuestra muerte.

—No quiero saber nada de ese tema, digamos, extrajurídico… Comprendo tus razones, pero me basta con saber que le has comunicado a Álvez que respete ciertos límites. Te aconsejo que contrates un seguro en dólares a favor de tu chica, Julieta se llama, ¿no? Con una inversión modesta, podrías garantizarle una suma importantísima si fallecieras. Hay compañías serias, te puedo indicar alguna. Sería conveniente que el tomador del seguro sea otra persona, cualquier amigo tuyo que lo contrate en beneficio de ella. Así evitarás que Juana Artigas reclame algún derecho sobre las sumas que se vayan abonando en concepto de prima. Las aseguradoras no tienen posibilidad de averiguar que estás sometido a un riesgo superior al normal. Espero que tu hija no tenga que gozar nunca de las ventajas de esta reticencia, ya que implicaría que te has ido para siempre. Otra cosa que podrías hacer es testar a favor de Julieta. Podrías legarle hasta el veinte por ciento de tu herencia, sin que Juana Artigas pudiera decir nada. Te recomiendo que redactes un testamento con urgencia… Podría ser también que previeras que, en caso de no estar Julieta, hubiera otro beneficiario. Hay que pensarlo bien.

—Lo haré, doctor Bareilles…

—Antes de continuar, estimado Roberto, quiero hablar de honorarios, ¿te parece correcto?

—Por supuesto, ¿cuánto debo abonarle, doctor?

—Primero, tenemos que establecer qué tipo de prestaciones querés contratar. Te aclaro que no viajaré a Mar del Plata. Quiero ser honesto con vos, si hiciera todo el trabajo, te costaría una fortuna. No te convendría, ya que mi intervención se justifica por el enfoque jurídico que pueda dar al asunto, por la estrategia a definir. En ese sentido, te puedo estructurar la defensa, dar ideas, aportar antecedentes, en definitiva, aplicar toda mi experiencia, pero de viajar, nada. Te hablo claro, para que actúes con libertad. No quiero que en el futuro te ofendas conmigo; lo que haya asumido como compromiso, lo cumpliré, pero más allá no prometo nada, ¿está claro?

—Comprendo, doctor Bareilles, usted se limitaría a dar asesoramiento, fijando los lineamientos básicos de nuestra actuación, la política a seguir en el proceso.

—Exacto, sos una persona capacitada. Con tu idoneidad y mi orientación, podrías tener un brillante desempeño, no me caben dudas. Si quisieras un mayor apoyo, podrías acudir a Federico Lizter, él es muy idóneo.

—Sí, pero es un íntimo amigo, no quiero cargarle semejante fardo, prefiero que sea asesor externo sin ir al choque directo con estos delincuentes. Necesito a alguien que no esté moralmente comprometido conmigo o con mi familia.

—Entonces contrata a un letrado de tu ciudad, a menos que…

—¿Sí, doctor Bareilles?

—Solo pensaba en Rocío, mi hija menor. Es una talentosa abogada. Hace doce años que ejerce la profesión. Está asociada conmigo. Le he confiado el manejo de numerosos juicios y siempre actuó impecable. Tiene experiencia en acciones filiatorias. Intervino en algunos resonantes casos de suma complejidad. Como sabrás, durante la represión militar, muchas jóvenes calificadas de subversivas dieron a luz antes de desaparecer. A veces, los bebés fueron entregados a parejas que los adoptaron. Los abuelos, gracias a la investigación exhaustiva y eficiente que algunos grupos han hecho, en muchas oportunidades encontraron a sus nietos y se han presentado para reclamar que se reconozca su verdadera filiación civil, fundamentalmente la legítima paternidad de sus hijos fallecidos. Más allá del insoluble problema moral y familiar que esta situación genera, hay elementos jurídicos que también se darán en tu caso. Por ejemplo, la necesidad de realizar pruebas biológicas. Rocío se desenvuelve en este tipo de asuntos como pez en el agua. Ha estudiado el derecho comparado con relación a la inseminación artificial, a la fecundación *in vitro* y a sus derivaciones jurídicas.

—¿Piensa que sería conveniente su intervención, doctor Bareilles? Haré lo que me aconseje, tiene toda mi confianza. Usted dirá cuánto pretende de honorarios…

—Te agradezco los conceptos, Roberto, si cometo errores, no va a ser a propósito. Esa es la única garantía que te puedo dar… Respecto a los honorarios, no me basaré en el contenido económico del reclamo, que es sideral, ya que no solo se está comprendiendo una alta cuota alimentaria durante veintiún años, sino también, eventualmente, tu futura herencia.

Sin embargo, tampoco puedo prescindir totalmente de este dato. Por el trabajo de encuadre jurídico, de asesoramiento general y determinación de la táctica a seguir, hasta el final del proceso, estimo mi remuneración en cien mil dólares. Si viajo a Mar del Plata en alguna oportunidad, por cualquier motivo vinculado al problema, lo facturaré aparte, previa estipulación del precio entre nosotros. ¿Estás de acuerdo?

—Sí, doctor. ¿Y su hija? ¿Cuánto cobraría ella?

—Ah, sobre eso no puedo opinar; en primer lugar, ignoro si ella querrá aceptar la responsabilidad de llevar un juicio en Mar del Plata. No sé si estará dispuesta a viajar en forma periódica ni qué tipo de prestaciones deseás que cumpla.

Roberto se apresuró a contestar:

—Yo quiero que esté en los momentos cruciales del proceso, especialmente en las audiencias que se realicen ante el juez.

—Vale, ¿te quedarás algunas horas más en la capital?

—Vine exclusivamente para esto, todo mi tiempo está a disposición de este problema.

—Entonces te sugiero que regreses mañana a las 8 horas. Yo tengo que encontrarme con mi hija hoy a las cinco de la tarde; le explicaré la situación y veremos qué piensa.

Roberto se puso de pie, diciendo:

—Nos vemos mañana, doctor, ¿tiene decidida alguna estrategia?

Bareilles respondió suspendiendo el tuteo:

—Tranquilícese, colega, es demasiado pronto para emitir opinión. Tenemos mucho que profundizar todavía, vamos a darnos un poco de tiempo. —Ya con menos formalidad, prosiguió—: No olvides, muchacho, entré en conocimiento de este asunto hace pocas horas, necesito meditarlo, digerirlo… Además, la conversación de esta tarde con mi hija será muy útil. Tenemos una cosa a nuestro favor. Ella también leyó la carta que me remitieras. Por tanto, está enterada de los detalles de este lamentable caso. ¿Nos vemos?

—Nos vemos —dijo Roberto.

BUENOS AIRES. VIERNES 9 DE DICIEMBRE DE 2011

—Buenos días, doctor Bareilles...
—Hola, Roberto, ¿querés café?
—Si usted toma, lo acompaño, gracias...

Sobre una pequeña mesa, silbaba amistosa una cafetera. Tres suaves golpes en la puerta anunciaron la llegada de Rocío Bareilles. Ingresó afable y sonriente, inundando el recinto de benéfica luz.

Era una hermosa mujer que a los treinta y cinco años conservaba los resplandores de la juventud, apenas atemperados por el paso del tiempo. Su ondulada cabellera rubia brillaba con tonos soleados y cristalinos, cubriéndola de chispeantes matices dorados. Delgada, de un metro sesenta y ocho centímetros, caminaba con flexible seguridad. Su penetrante mirada gris preservaba los dulces fulgores de la calidez adolescente. Correcta y educada, su refinada informalidad en el vestir aumentaba su atractivo. Llevaba una larga pollera celeste de liviana tela de jean, alpargatas y una camisa de algodón con encajes, ambas de impecable blancura. Al cuello, un sencillo collar de plata. Este toque de simplicidad reflejaba con nitidez algunas facetas de la elaborada personalidad de Rocío, pero las sustanciales eran invisibles. Los sentimientos que más la conmovían dormitaban en inaccesibles rincones de su alma; a fuerza de vivir, lentamente estaba abriendo los ojos, derrumbando sus rígidos esquemas. Ya había logrado comprender que era una víctima de sus prejuicios, de su educación dogmática, cerrada y religiosa, pero seguía inmovilizada por esas incorpóreas cadenas; sin poder evitar que condicionaran su conducta. Alejada de las miserias del mundo, como en un soplo se le había fugado parte de la vida. Si bien se valoraba como mujer, individualista, reflexiva y humana, se sentía aislada afectivamente. En su afán de superación cultural y profesional, se había alejado de los caminos del amor, adormeciéndose, reprimiendo sus emociones. Entablaba relaciones puramente intelectuales que a la postre le parecían vacías, y en la búsqueda de algo que ella misma desconocía, su alma permanecía congelada. Incapaz de permitirse apasionamiento, sus vínculos eran esquemáticos y se desarrollaban en el plano dialéctico, técnico o científico. Actuaba eficiente, amable, reprimiendo su femineidad y su seductora tibieza, negándose la oportunidad de liberar sus duendes, de conmoverse hasta las lágrimas. No se permitía transponer ciertos márgenes, en su cotidiano universo escondía sus sentimientos y se prohibía la emoción. Desde hacía diez años ansiaba hallar a un hombre que la pudiera conmover y excitar y aún no había encontrado a la persona indicada, por lo que en ocasiones temía que se tratara de una deficiencia de su personalidad.

«¿Será tan difícil enamorarse?», se cuestionaba Rocío. No quería vivir sin amor… Las ingobernables fuerzas dormidas en su interior solían aflorar con la violencia de una tempestad, asfixiándola, confundiéndola y acelerando los latidos de su corazón. Como si un alocado y excitante espíritu la estuviera rondando con ánimo de poseerla. En esas ocasiones, la invadía un inocultable ardor, un desatado deseo sin destinatario, como una brumosa sensación de que alguien seductor e inaprehensible la contemplaba desde las sombras. Cuando se relacionaba socialmente, ese cosmos interior desaparecía, lo escondía, lo disimulaba con diplomáticas maneras y esmerada diligencia. Esa inquietante dualidad la torturaba desde casi diez años atrás, al principio de modo leve, en forma discontinua y pasajera. Luego esas experiencias se hicieron cada vez más asiduas y prolongadas. No deseaba prescindir de ellas; en definitiva, eran las únicas vivencias que la agitaban y la hacían sentir una mujer de verdad. Cuando incursionaba en esos velados y estimulantes territorios, cada una de sus células estaba hambrienta, viva, embriagada por un irresistible llamado ancestral.

Rocío acusó el impacto de conocer a Burán. Había leído la extensa carta que remitiera y conversado con su padre acerca de él. Estaba frente a un hombre que había paladeado los placeres de la vida y sufrido sus golpes. No temía quemarse en los fuegos de la pasión, no le importaba el ridículo, ni correr el riesgo de equivocarse. Ella conocía la trayectoria de Roberto lo suficiente como para comprender que no soportaba la mediocridad. La bella abogada estaba impresionada por la historia de Alicia. Se preguntaba cómo sería ella, cómo habría vivido ese efímero y apasionado romance con Burán; si habría sido feliz, si lo habría traicionado, si disimuló por interés que no le molestaba la diferencia de edad. En secreto, sentía por Alicia Sandrelli una mezcla de envidia y de admiración.

«¿Habrá amado a Burán?, ¿lo amará aún?», se preguntaba Rocío. Alicia había sido capaz de brindarse incondicional, sin reparar en obstáculos que para otros habrían sido insuperables. Aceptó acostarse con un desconocido para salvar la vida de su hermana y al final no vaciló en revelarle toda la verdad. Sin saber la razón, Rocío se inclinaba a creer la versión de esa encantadora muchacha. Por otra parte, se decía a sí misma que carecía del coraje de Alicia, de su firmeza de carácter, imprescindible para ejercer su libertad de amar. El relato epistolar de Roberto la había atrapado, se interesó en el caso de modo inmediato. Cuando su padre le preguntó si deseaba hacerse cargo, no lo dudó ni un instante.

Ante la esperada presencia de Rocío, un tibio entusiasmo, una sensación apenas perceptible, cosquilleante e indescifrable, estremeció levemente a Roberto. La había imaginado así: atrayente, movediza, chispeante y enigmática. Su futuro estaría ligado a esa mujer. De su astucia y de su tesón dependería en parte su felicidad. De alguna inexplicable manera, la proximidad física y espiritual de la abogada había mejorado su estado de ánimo. No podía negarlo, ella le gustaba…

Rocío dijo:

—Un gusto, doctor Burán, hablé con mi padre, lo que pactó con él incluiría mi retribución. Eso sí, cada vez que viaje a Mar del Plata, estaría a su cargo el avión y los gastos, más ochocientos dólares de honorarios por cada día allí. ¿Está de acuerdo?

—Acepto —dijo Roberto—, ¿cómo pago los cien mil?

Bareilles dijo:

—Cuarenta mil ahora, Roberto. O en unos días… El saldo en seis cuotas mensuales.

—Mañana tendrá el anticipo —contestó Roberto.

Rocío concluyó:

—Tenemos un trato, colega, avíseme con tiempo cuando quiera que viaje, no se olvide de que tengo una agenda complicada aquí. Yendo al grano, si el bebé es suyo, no podrá evitar que la demanda filiatoria prospere. Para averiguarlo, no quedará otra que hacer una prueba biológica.

Roberto asintió con la cabeza.

—Estoy en sus manos, sé que estoy en perdedor.

Rocío prosiguió como si no hubiera escuchado:

—Lo planearon bien, la verdad… Dificilísimo probar que Juana Artigas fue inseminada con su… esperma. Se la repensaron… Todo pega, usted tuvo una relación con ella antes y lo visitó en su estudio justito cuando quedó embarazada, salió de su despacho agitada y con la ropa hecha un lío. Apostaría mi collar de perlas a que citará como testigos a los que estaban presentes, lo premeditaron todo, póngale la firma, doctor. Además, espere lo peor de Álvez, como médico de la madre, algo testimoniará en su contra. Que el juez piense que usted no miente será complicadito, ¿no? Es más fácil creer que la concepción fue normal. Como están las barajas, si me dijera que puede probar el fraude, diría que es un campeón, colega. Las pericias biológicas son infalibles. Si se negara a hacerlas, habría una presunción en su contra. Estaríamos igual en el horno, doctor, la verdad.

Burán bajó su mirada, pero alcanzó a interrogar:

—Si de la pericia surgiera que soy el padre, ¿el juez podría desconocerla?

La doctora Bareilles acotó:

—En teoría, sí. Pero en los hechos, la pericia decidirá la suerte del juicio.

—Igual sería bueno probar que hubo fraude, ¿no? —indagó Roberto.

Rocío contestó categórica:

—Como dije, no tenemos pruebas, la verdad. La señorita Sandrelli intimó con usted, su testimonio valdría poquito. Frente a la demanda de filiación no tenemos casi nada… Ellos ofrecerán testimonios, presunciones, pruebas biológicas. Usted solo su palabra y, a lo sumo, la de una muchacha que fue su amante. Los jueces no se apartarán de los datos científicos. No quiero tirar pálidas, pero a esto no le veo buen final, salvo que...

Roberto preguntó ansioso:

—Sí, ¿qué?, ¿ve algo?

—Bueno, si probáramos el fraude, usted sería una víctima, ¿no es cierto? No nos queda otra, la verdad. No se ilusione mucho, porque igual seguiría en problemas, póngale la firma.

—¿Aún en ese caso? Si probara que no tuve sexo con Juanita, ¿qué culpa tendría yo? ¿Por qué sería responsable?

Rocío contestó rápido:

—Todos defenderían al bebito, ¿tiene dudas?

Roberto bajó la cabeza, como golpeado por una maza.

La abogada siguió explicando:

—Usted podrá probar que fue estafado, que no tuvo intimidad con Artigas, pero apostaría de nuevo mi collar a que no podrá negar que el bebé sea su hijo. Los jueces lo protegerán, no será un huérfano, tendrá su padre biológico. Nunca supe de un caso así, la verdad. Muy lindo que digamos que su única voluntad fue acostarse con la señorita Sandrelli y usando un preservativo, pero olvídese de negar su paternidad, a papá y a mí nos parece que por ese lado estaríamos perdidos. —Rocío titubeó, comprendiendo que se internaba en un terreno íntimo, que Burán estaba hipersensibilizado—. Disculpe que hable de temas tan privados.

Roberto contestó resignado:

—Ya nada me molesta, siga, por favor.

—Usted tomó precauciones para que la señorita Sandrelli no quedara embarazada. Ni ella ni nadie… —Era claro que a Rocío Bareilles le resultaba incómodo referirse a situaciones tan personales. Pese a todo, prosiguió—: Usted tuvo… sexo únicamente con ella. La inyección de sus espermatozoides en el útero de Artigas suponemos que la hizo Álvez, ¿no es cierto? No hubo relación causal directa entre un hecho y el otro. No es el curso natural y ordinario de las cosas que suceda lo que sucedió. Más claro, resulta imposible que acostándose con una mujer quede embarazada otra. A menos que hubiera maniobras fraudulentas, como las hubo, ¿no? Podríamos defendernos diciendo que no hubo «un acto» de su parte, que no es justo que tenga consecuencias por algo que no fue de su autoría. Tal vez convenzamos a la justicia de que le quieren imputar ilícitamente un hijo. En ese caso, todos dirían que es algo gravísimo y hasta quizás se apiaden de usted. Pero, aun así, ningún juez aceptará que se pueda librar de sus obligaciones de papá. Aun si probara que Artigas quedó encinta gracias a la inseminación ilícita de sus espermatozoides. Olvídese de que el chico pueda ser calificado huérfano de padre. Marchamos presos en esto; los jueces dirán que ese niño no pidió venir al mundo y, por tanto, que ninguna culpa tendría, póngale la firma.

Roberto dijo apesadumbrado.

—Es indudable…

Demasiadas veces se había preguntado cómo sería ese pequeño, si se parecería a él, o si heredaría la maldad de su madre. Ese inconciliable dualismo hacía que se imaginara a su hijo como un ángel…, o como un demonio. Lo quería y lo detestaba, pero en el fondo de su corazón, sabía que el cariño prevalecería sobre el odio. No lo quería hacer consciente; temía ser débil y dejarse arrastrar por sus impulsos afectivos. Sabía que eso le provocaría mucho dolor, pero que sería inevitable. Ahora, lenta pero inexorable, afloraba su conciencia.

Rocío prosiguió su análisis:

—La asesoría de menores exigirá que reconozca al niño. Dirá que es una víctima inocente, que un hombre millonario como usted no se puede permitir dejar su semen en poder de una mujer de humilde condición a quien apenas conocía. En síntesis, dirá que el bebé es una consecuencia indirecta de su conducta culpable.

—No estoy de acuerdo, doctora, al usar un preservativo reduje el riesgo de embarazar a Alicia. No podía imaginar que se fecundaría con fraude a una segunda mujer.

La abogada frunció el ceño, diciendo:

—Queda claro que hay que pensar en estas cosas, doctor Burán, no lo tome a mal, por favor.

Bareilles intervino:

—Te la hago corta, Roberto, fuiste defraudado y sería injusto que te responsabilizaran, pero, aun así, el juez pensará en el chico.

—Algunos juristas hacen responsable a los donantes de esperma —acotó Rocío—. Pero su caso es distinto, porque cuando una persona dona su semen, tiene al menos voluntad de procrear, aunque no la de ser comprometido como progenitor. Pero usted ni siquiera soñó que su simiente iba a ser inyectada para fecundar a otra mujer.

—En su caso no hubo voluntad de procrear, Roberto —dijo Bareilles—. Esto es importante.

Rocío agregó:

—La paternidad responsable implica mucho más que una mera relación biológica, requiere una gran responsabilidad y mucho amor. El hombre que toma la decisión de asumir un niño ajeno como hijo suyo es más padre que el aportante del gameto que posibilita la inseminación.

Burán preguntó:

—¿Habrá antecedentes en otros países?

La abogada se acomodó la cabellera sobre los hombros y respondió:

—Investigaremos… La inseminación artificial ha hecho bastante ruido, la verdad.

Burán escuchaba atento, una inquietud creciente lo invadía. No se podía sacar de la cabeza la imagen del bebé que pronto nacería. Finalmente preguntó:

—Perdón, doctora Bareilles, hace poco dijo que algunas opiniones doctrinarias aceptaban que el hijo concebido mediante inseminación artificial podía demandar al padre biológico, al simple donante de esperma, que reconociera su filiación… ¿Qué pasaría en el caso inverso? ¿Qué derechos se le reconocen al dador de semen sobre el niño?

Rocío hizo un gesto de extrañeza. Burán parecía interesarse en la criatura que llevaría sus genes. Bareilles contestó por ella:

—Según algunos autores, ninguno, porque estaría mal que quien entregara su esperma invocara ser padre. Privaría de su derecho a quienes quisieron tener ese hijo, conociendo que el donante estaba de acuerdo. Ninguna mujer aceptaría que el fruto de su vientre fuera declarado hijo de un donante desconocido. La madre tendría que aceptar que un extraño, ocasional aportante de sus espermatozoides, ejerciera el derecho de visitar a su bebé, de contribuir a su educación…

Roberto insistió:

—No autoricé que se utilizara mi esperma, ni imaginé que la usarían, por tanto, ¿qué derechos tendría respecto al chico?

La bella Rocío vaciló:

—Bueno… A ver si lo entiendo. Usted quiere que rechacen la demanda de filiación, pero igual tener los derechos de un padre legal, ¿algo así, Burán?

Roberto vaciló al responder:

—Sí, creo…

—Si se rechazara la demanda filiatoria, no tendría ninguna obligación respecto al bebé, pero tampoco ningún derecho. ¿Estás de acuerdo, papá?

—Jamás tuve un caso parecido a este, pero coincido con vos, Rocío —apuntó Bareilles—. Si por milagro Roberto ganara el juicio, no sería considerado padre, aunque el niño tuviera sus genes. Si eso sucediera, mal podría pretender derechos. El resultado del pleito, cualquiera que fuera, te afectaría para bien y para mal.

Desconcertado, Roberto sentenció:

—No me parece justo, doctor Bareilles, el bebé es inocente, pero yo también, ¿es irrelevante que haya sido defraudado? —Burán se detuvo, no se podía expresar con fluidez. Murmuró bajando su frente con la mirada perdida—: Ahora comprendo que no podré abandonarlo, esa alimaña lo engendró por dinero, no puedo dejar al bebé en sus manos. Debo apartarlo de Juana, no importa si se declara o no mi paternidad. Ser criado por esa mujer amoral sería la ruina para esa criatura; mi obligación es evitarlo.

La mirada de Rocío se nubló, dijo:

—Es un buen hombre, doctor. ¿Está decidido?

—Sí, doctora —afirmó Burán.

Bareilles pareció complacido. Enfatizó:

—Un gusto ser tu abogado, Roberto, entonces diremos toda la verdad. Primero realizaremos las pruebas biológicas para que te asegures de que sos el padre. Si lo constatáramos, le explicaríamos al juez todo lo que sucedió, que fuiste estafado por Álvez y por Artigas. Después diríamos que estás dispuesto a asumir todas las responsabilidades de la paternidad, pero no a aceptar que ella conserve la patria potestad sobre su hijo, ¿qué te parece?

—Me gusta —dijo Roberto—. ¿Cómo lo plantearíamos?

Bareilles respondió rápido.

—Tendremos que probar que hubo fraude, no hay otra, y será casi imposible lograrlo. Si la tenencia del menor se la dieran a Juana Artigas, solo podrías fiscalizar la administración del dinero que tuvieras que darle. También tendrías derecho a verlo, a exigir que fuera educado adecuadamente.

Burán negó con un movimiento de su cabeza:

—No sería suficiente, esa bruja le pudriría el cerebro, el chico me odiaría y sería tan materialista e insensible como ella. No quiero contemplar la degradación de mi propio hijo.

—¿Su propio hijo? —preguntó conmovida Rocío Bareilles.

Los ojos de Roberto se llenaron de lágrimas. Apenas pudo balbucear:

—Perdón, estoy sensible, me cuesta asimilarlo. Pero… ¡sí, doctora!, debo decirlo… ¡Mi hijo!, ¿no lo será acaso? No puedo negarlo, si lo hiciera, sería peor… Va más allá de lo legal, no puedo desconocer al bebé. Quiero tenerlo conmigo y separarlo de la madre. Comprendo que el riesgo que asumo es grande, no sé qué sucedería si se produjeran varias inseminaciones más. Mi vida está destrozada con un solo embarazo, ni quiero imaginar lo que sentiría si hubiera otros. Si se diera esa situación, dejaría que ustedes me aconsejaran, yo no estoy capacitado para resolverlo.

Bareilles quiso tranquilizarlo:

—Ya sabés mi opinión: no creo que Álvez se arriesgue a inseminar a otras mujeres, no es tan tonto. Tenemos que probar la maniobra, buscar indicios, algo que pueda convencer al juez. Si aceptaras ser el padre y cuidar al chico, sería más fácil que investigaran si la madre es o no trigo limpio. Si la asesora advirtiera que buscás el bienestar de tu hijo, se podría convencer de que has sido la víctima de un complot. Solo nos opondríamos a que fuera criado por ella. Pediríamos que te dejaran tenerlo, educarlo, ¿te parece bien?

Roberto respondió categórico:

—Sí, recién ahora tomo conciencia de ello… Les pido disculpas por no haber sido más claro; no es fácil aceptar un hijo nacido del engaño.

Rocío lo disculpó afectuoso:

—Admirable lo suyo, Burán, su humanidad lo distingue, la verdad.

—También mi estupidez —agregó Roberto.

—No se martirice, doctor —dijo Rocío con dulzura—, no podía imaginar que sería estafado.

Bareilles cerró el diálogo:

—Bien, Roberto, regresá a Mar del Plata. Buscá información útil para desenmascararlos. Mandá emisarios, hablá con tus amigos, con la señorita, ¿cómo se llamaba?, Sandrelli, en fin, con cualquiera que pueda ayudar. Si es necesario, no vaciles en invertir dinero. Necesitamos tener elementos a nuestro favor. Usá tu materia gris para buscar puntos flojos en la ofensiva de la contraparte. Nosotros estaremos a tu disposición, seguiremos acopiando material y antecedentes. Nos mantendremos en contacto por vía telefónica o por *mail*. Debo irme, arreglá con Rocío los detalles de un próximo viaje a Mar del Plata… Todos los días hay vuelos directos. Espero que tengas suerte. Adiós…

Cuando se retiró el anciano jurista, se produjo un vacío de silencio. Roberto quería prolongar su catarsis, en especial, si Rocío era la confesora, aunque de ese modo perdiera objetividad. Después de la experiencia con Alicia, se prometió a sí mismo que, pese a todo, jamás ignoraría sus sentimientos. Rocío Bareilles atenuaba su desamparo, lo atraía de una manera irresistible.

Ella estaba conmovida por la actitud de Burán: en la madurez, marcado por los combates de la vida, respondía sentimental para proteger a un niño indefenso. Le gustaba su prestancia, su mirada afectuosa, la dulce masculinidad que proyectaba. Presentía la agudeza espiritual en cada una de sus palabras, en cada uno de sus pensamientos. Nunca había tenido un vínculo personal con un cliente, pero podía haber excepciones… El mutismo que los embargó comenzó a ser incómodo, no sabían cómo salir de esa situación. Hasta que Roberto dijo:

—Mañana regreso a Mar del Plata, estaré solo…

—Sí, ¿qué? —respondió la doctora Bareilles, como alentándolo.

—Rocío, si usted quisiera cenar conmigo, sería muy grato para mí. Disculpe mi atrevimiento… Quizás no debiera… No se sienta obligada ni me interprete mal.

—¿A las nueve? —preguntó ella regalándole una amplia sonrisa.

—Fantástico —dijo alegre Burán—, ¿por dónde la paso a buscar?

—Estaré en el estudio a esa hora, vivo al lado… Cuando toque el portero eléctrico, bajaré enseguida. ¿*OK*?

—*OK*, doctora, gracias…

Esa noche, Rocío y Roberto fueron a un pequeño y amigable restaurante de San Telmo. Ella estaba impecable y seductora; vestía con sencillez un liviano conjunto blanco de pollera ancha y sandalias claras, una fina cadena de oro al cuello y aros muy simples adornados con una diminuta perla.

Burán se sintió feliz de estar en compañía de tan espléndida mujer. Veía en ella una conjunción de inteligencia, cultura, buen gusto y una resplandeciente belleza. Roberto vestía un *jean*, una camisa celeste, mocasines marrones y una campera fina de gamuza.

En el lugar había pocas mesas. La música era apenas audible para permitir el diálogo a la luz de las velas y disfrutar el brindis con sonoras y relucientes copas de cristal. Un sitio para escogidos.

Ella habló primero:

—Empecé a venir aquí a los diecisiete, un lugar lleno de recuerdos.

—Es un honor que haya aceptado mi invitación.

—¿Por qué, doctor? Es un gusto.

—No quería estar solo, además, su compañía es muy grata. Hoy usted y su padre me ayudaron a ver claro.

—Es nuestro trabajo, doctor Burán.

—Sí, pero hay muchas formas de prestar servicios… Ustedes lo hicieron con humanidad. Me avergüenza haber sido engañado así, pero si tuviera que volver a vivirlo otra vez, lo haría. Cuidando ciertos detalles…

—Imagino cuáles, la verdad —dijo Rocío riendo jovial—. Es un hombre rico, tiene que tener cuidado, ¿no?

—Sí, pero quiero disfrutar cada instante antes de que sea tarde…

—Cincuenta años no es nada en esta época.

—No soy viejo, pero no estoy tan lejos de serlo. Ahora tengo la convicción de que todo es momentáneo, pasajero, que cada momento es irrepetible… ¡Cuánto tiempo perdido, doctora! La búsqueda de la felicidad tendría que ser una tarea cotidiana. Si aprendiéramos esto, no llegaríamos a la madurez ignorándolo todo, ni sintiéndonos fríos o muertos por dentro.

Rocío se estremeció al escuchar esas palabras y pensó: «¡Dios mío!, Burán percibe que llegué a los treinta y cinco sin haber vivido, no debí huir del amor. Burán se queja, ¿y yo qué? Él tiene pasiones que recordar». Sintió que había desperdiciado su existencia… Sus ojos se humedecieron.

Roberto la notó extraña, estuvo tentado de tutearla, pero prefirió no hacerlo. Le preguntó:

—¿Se siente mal?, ¿puedo ayudarla?

—No, es solo un leve dolor de cabeza.

—Si quiere la llevo a su casa.

Rocío sentía que sus emociones estaban a flor de piel.

—Estoy mejor —dijo—. Cuando heredó una fortuna, ¿cambió mucho su vida?

—Ser rico me trajo problemas, y también seguridad. Pero sería feliz aunque no tuviera tanto dinero. Aprendí a limitar mi ambición.

—Comparto, doctor, también en lo profesional, ¿tanto esfuerzo para qué?

—Se sacrificó mucho para crecer como abogada, ¿a eso se refiere?

—Sí, quemé la mitad de mi vida; doloroso, ¿no?

—¿Cómo se sentiría si no se hubiera esforzado?

—No sé, viví equivocada, la verdad.

—Una mujer tan atractiva pudo elegir un camino fácil. No lo hizo, optó por competir en un territorio dominado por los hombres. Si usted no hubiera sido activa, sería otra, no sé si más buena o más mala, pero sí distinta. Lo importante es no perder la capacidad de sentir, de reír, de llorar, de dar amor. En una época me pasó, hasta me molestaban las malas palabras, era un estúpido censor.

—Me cuesta creerle, Burán…

—Estaba mal, desamparado. Poco antes de los treinta años, comprendí que mi educación me había idiotizado. El único consuelo que tengo es que algunos se mueren sin descubrirlo.

—Espero que no me suceda, doctor, resigné demasiadas cosas.

Burán trató de atemperar:

—Viene bien darse una ojeada por dentro, ayuda a cambiar.

—¿Hace mucho que está separado?

—Siete años, pero mi matrimonio estaba destruido mucho antes. Lo peor fue vivir alejado de mi hija.

—¿Quedó resentido?

—Al principio, después reconocí mis errores y aprendí a perdonar. Usted, doctora, ¿nunca pensó en casarse?

—Sí. Hace diez años. Una semana antes me arrepentí…

—¿No amaba a su novio?

—Una relación opaca, la verdad. Rompí el compromiso, mi vida con Hernán habría sido trágica. A veces sueño que estoy casada con él y me despierto agitada. Nunca más tuve una relación seria. Solo algunos romances efímeros.

—No entiendo cómo una mujer tan atractiva como usted puede estar sola. ¿No será que busca la soledad?

Rocío se sonrojó. Halagada por el elogio, dijo:

—Es un lisonjero, no encuentro a la persona adecuada, algunos hombres me temen, se sienten inferiores a mí. No lo soporto, la verdad. Tampoco tolero que sean fatuos o machistas, soy compleja y contradictoria, cambiar me cuesta un Perú.

—Nunca es tarde, Rocío. —Roberto se sorprendió al darse cuenta de que había mencionado su nombre.

—No puedo sentir, doctor…

—No lo creo Rocío, lleva mucho fuego dentro.

La abogada se volvió a sonrojar. Cambiando de tema, preguntó:

—¿Se siente mejor porque decidió reconocer a su hijo?

—Sin duda, ahora estoy dispuesto a dar batalla. Debo luchar contra delincuentes, quizás sean asesinos, debo impedir que arruinen la vida del hijo que está por nacer y, si logro mi objetivo, tener a mi cargo su crianza.

—¿Solo le preocupa ser un buen padre?

—También quisiera tener amor y ser feliz.

—¿No teme otra traición?

—No. Solo concibo una relación sin ataduras, no se puede disfrutar de la compañía de alguien que no tiene libertad, ¿está de acuerdo, Rocío?

—Me hace recordar a una anciana cliente, Burán, ella pensaba que el casamiento encarcela a los esposos, pero que el amor puede ser duradero.

—Creo que sí, aunque para emitir juicio sobre una relación, hay que mirar hacia atrás, nunca hacia el futuro.

—¿Con Alicia se marchitó el amor?

—Gracias a ella, mi mundo cambió, pero lo que pasó fue muy duro.

Rocío miró hacia una ventana como si estuviera analizando las palabras de Burán, luego dijo:

—La falta de amor es terrible, siempre temí convertirme en una solterona amargada y cruel, estar muerta de envidia ante la felicidad ajena. Estoy esforzándome para no ser así, doctor. La conversación íntima que estamos teniendo es prueba de ello.

—Me halaga que confíe en mí, Rocío, se lo agradezco.

—Doctor, ¿puedo hacerle una pregunta?

—Por supuesto, ni a mi confesor le habría contado tantas intimidades como a usted hoy, ¿no es cierto?

Ella dijo sonriendo:

—Me preguntaba, usted que parece tan liberal, ¿lo fue con Alicia? Al parecer la amaba mucho…

—Lo fui. Y la amaba… Es complicado describir cómo. Cada sentimiento tiene un contenido especial. Alicia era para mí una armoniosa mezcla de niña y de mujer, sensual, cariñosa. Me tenía atrapado, apasionado, feliz como un adolescente. Por otra parte, era como una hija, o como una juvenil sobrina; la cuidaba, me preocupaba de su futuro sin pretender atarlo al mío. Siempre le pedí que se sintiera libre de salir de mi vida cuando quisiera. Le di ayuda económica solo para que estuviera en condiciones de ejercer su autodeterminación, nunca pensé retenerla con dinero, sino dándole mucho amor. Si no hubiera anhelado que fuera dichosa, no la habría querido bien. La diferencia de edad entre nosotros es muy grande, siempre supe que una muchacha tan espléndida, tarde o temprano, podría verse tentada a buscar el contacto de jóvenes como ella. Yo quería que fuera feliz…

—Todavía está enamorado de Alicia, ¿no? —interrogó Rocío.

—No, bueno, en realidad no sé, creo que ya no… Su engaño me hirió demasiado, pero no le guardo rencor, era la vida de su hermanita, y ella me demostró más de una vez ser desinteresada. Nuestra relación se agrietó, el cristal de la copa se fisuró. ¿Cómo arreglarlo? Esas cosas no tienen remedio. Mantengo su recuerdo, no sé si la vida me dará la oportunidad de volver a tener una experiencia tan grata.

Rocío pensó: «Aún la quiere, habla como si yo no existiera; no le importo ni le gusto. ¿Por qué me molesta? Apenas nos conocemos, es lógico que no sienta nada por mí…». Saliendo de sus cavilaciones, dijo:

—¿Seguro que no bajó los brazos, doctor? Parece estar dolido.

Burán dijo con deliberada dulzura:

—Rocío… Hace pocos días tenía un proyecto común con Alicia, ahora estoy como vacío, pero sigo teniendo el alma tibia, todavía puedo amar. No quiero reprocharle nada.

—¿Seguro que no ha bajado algo los brazos, doctor?

—No, pero tendré que acostumbrarme a diferentes circunstancias… Por ejemplo, nuestra conversación, no se imagina qué distinta es a las que mantenía con Alicia. Ella no hablaba demasiado, generalmente me escuchaba, me consideraba como una especie de pariente que oficiaba de profesor, de guía y de amante. En cambio, con usted la situación es opuesta: encuentro una interlocutora que examina mis ideas, las controvierte, las analiza críticamente. Me obliga a pensar más, a exponer mejor mis pensamientos, a profundizar los temas. En definitiva, me enriquece. Y todo eso es muy positivo, sin renunciar al deleite de estar junto a tan hermosa mujer.

Rocío se ruborizó de un modo incontrolable; la transpiración bañó su rostro, no sabía qué decir ni qué hacer: «¿Cómo puedo evitar que se dé cuenta de mi turbación? Creerá que soy una estúpida, que me descontrolo fácil…». Más allá de lo estético, de las sensaciones quemantes que experimentara, se sintió hondamente complicada, fue un incendio benéfico. «¡Qué bueno!, justificó la noche», se dijo.

Un imperceptible puente se había tendido entre ellos. El contacto inicial, sus interesantes ocurrencias, sus anécdotas: todo resultaba placentero.

«No recuerdo haber disfrutado tanto un diálogo con una mujer», pensó Roberto. «Parece menos apasionada que Alicia, pero tal vez no sea así, quizás buceando un poco... Cuando se acaloró parecía un volcán a punto de entrar en erupción, sería bueno explorarla».

«Me gusta, me atrae», pensó Rocío.

Antes de entrar en su casa, Rocío dijo:

—Quiero agradecerte esta velada, conocerte me ha hecho remover cosas del pasado, como cuando rechacé a un hombre por miedo a jugarme. Creí que amaría mil veces más en el futuro y me equivoqué. Arrojé por la ventana lo más importante que sucedió en mi vida y ni siquiera me di cuenta. ¿Comprendés ahora por qué estoy sensibilizada? Escuchar tus comentarios me trajo a la memoria todo esto...

—No quise lastimarte, Rocío.

—No lo has hecho, pero estoy agotada, como si me hubiera sacado un enorme peso. Hace bien abrir las válvulas de vez en cuando, desahogar el alma... Me estoy cayendo de cansancio, Roberto. Ha sido una noche estupenda, te agradezco la cena.

—Gracias a vos, espero verte pronto.

Roberto la besó suave en la mejilla, ninguno de los dos tenía deseos de despedirse, algo imperceptible los ligaba. Habían comenzado a recorrer el puente…

MAR DEL PLATA, LUNES 9 DE ENERO DE 2012

A las diez de la mañana, Álvez llamó a Roberto citándolo para un encuentro a las 18 horas en el café La Rochelle, un lugar muy céntrico y concurrido de Mar del Plata. Le dijo que tenía que decirle cosas importantes en beneficio de todos. Burán aceptó dialogar, previa aprobación de Bareilles. A la hora fijada para la reunión, Álvez no había llegado. Roberto se sentó frente a una ventana que daba a la calle peatonal. Una muchedumbre se desplazaba ruidosa y divertida. Varios niños jugaban con pompas de jabón al lado de un mendigo que esgrimía su muñón izquierdo como estandarte de su miseria. Dos adolescentes se besaban apasionados apoyándose contra el cristal, un policía los miraba con indiferencia mientras se ajustaba sus gafas de sol.

Cuando Burán dejó de observar la calle, se sorprendió al advertir que Álvez estaba sentado a su derecha. Estaba sonriente. No le dio la mano, solo dijo:

—Gracias por venir, imagino que fue difícil.

Roberto contestó rápido:

—Es asqueroso lo que hacen, espero que se arrepientan.

—No me hará confesar nada, Burán, si es lo que pretende. Pensé que sería bueno hacernos un poco de tiempo para hablar como viejos amigos. Aunque usted me dejó casi en la ruina.

Roberto negó moviendo apenas la cabeza:

—Hice mi trabajo, usted defraudó a mi clienta.

—Era una vieja de mierda, Burán. Su «trabajo» me costó un montón de verdes.

—No fui yo, usted quiso estafarla.

Álvez se encogió de hombros, esbozó una apenas perceptible sonrisa y dijo:

—No entendiste un carajo, ¿no? Yo no pierdo, abogadito. Pensarás que ganaste ese día en la corte, pero en la vida te ganaré siempre.

Roberto hacía esfuerzos por contenerse. Aspirando profundo, murmuró:

—Hice lo justo.

—Te creés un justiciero, por eso siempre vas a perder. Yo me cago en la justicia.

—No hace falta que me lo aclare, Álvez. Pero le puedo asegurar que usted y Juanita no recibirán ni una puta moneda.

—No digas boludeces. Juanita tiene a tu hijo en la panza, en pocos días nacerá, si no firmás rápido un cheque gordo, te irá mal. Te cité para darte la última oportunidad de hacer un trato, si no lo aceptaras...

—Me está amenazando, ¿qué haría si no lo aceptara?

—Nada Burán, soy incapaz de hacer algo malo. Escuchá mi oferta: por diez millones de verdes se termina todo para siempre. Un poquito de tu fortuna.

Un policía pasaba casualmente por allí, Álvez lo llamó con un gesto de su mano. Cuando estuvo a su lado, le preguntó si tenía fuego para encender un cigarrillo. El oficial lo miró extrañado, diciéndole que allí no se podía fumar.

Antes de que se alejara, Álvez susurró:

—No jodas conmigo, si me llevás al límite, la primera será tu hija.

Roberto se irguió lento y esforzándose por no subir el tono de su voz, dijo:

—Gran hijo de puta, si algo nos pasa, serás boleta, aunque estés en el culo del mundo. Tomé todos los recaudos, ¿está claro?

Álvez se reclinó cómodo en su asiento, con el rostro radiante, y dijo:

—Ha sido un placer hablar con usted, doctor Burán. Me encanta dar consejos a los amigos que se meten en quilombos. Le voy a enviar sus saludos a Alicia Sandrelli, tengo ganas de hacerle algunas caricias íntimas.

Roberto saltó hacia él como un lobo rabioso, lo tomó con ambas manos de la solapa de su saco. Estaba descontrolado, con los ojos enrojecidos y transpirando, acercó su rostro al de Álvez y le dijo al oído:

—Si lastimás a Alicia, te mato como a un perro, ¿entendiste?

—No, Burán, tendría que ser un monstruo para dañar a una criatura tan hermosa como Alicia. Solo hablaba de cogerla.

Imprevistamente reapareció el policía, preguntando:

—¿Algún problema, señores?

Roberto bajó los brazos.

Álvez manifestó:

—Ninguno, agente, solo un cambio de palabras.

El oficial los miró con desconfianza y dijo:

—¡Se retiran ya o me acompañan a la comisaría!

Ambos se fueron en silencio.

Cuando Roberto se alejaba de la confitería, escuchó a su espalda la voz de Álvez:

—Estás a tiempo, Burán, no seas boludo. O bancate el infierno. Te daré las garantías que quieras, pensalo…

MAR DEL PLATA, LUNES 16 DE ENERO DE 2012

—Se parece a vos, ¿no, papá?

Julieta Burán estaba conmovida: ese pequeño ser casi con seguridad era su hermano. Siempre había querido tener uno, aunque no en condiciones tan ingratas. Estaban en la Clínica del Jardín, donde ingresaron subrepticiamente y preguntaron en la enfermería cuál de los recién nacidos era el hijo de Juana Artigas. Así llegaron a verlo, un varoncito gestado en ocho meses que parecía muy saludable. No había heredado la apariencia morisca de su madre, Roberto se sintió complacido por eso; tenía el pelo castaño como él y su piel no era tan oscura como la de Juana.

—Tenés razón —dijo Burán—, se me parece.

Abrazado a Julieta, lagrimeó enternecido.

«Me siento incómodo», pensó, «lo estoy mirando a escondidas como si fuera un ladrón furtivo. En sus genes está grabada la historia de mis ancestros; veo rasgos familiares en su rostro. Debo impedir que Juanita arruine su vida. Si no hago algo, mi hijo aprenderá a odiarme, solo le preocupará mi dinero. No quiero que se transforme en una persona sin escrúpulos como su madre, no soporto esa idea…».

Julieta había querido acompañarlo en esa difícil coyuntura; además, tenía curiosidad, deseaba conocer a su hermano.

Era una adolescente sensible, lúcida, que siempre tenía a mano una rápida respuesta. Introvertida, no desnudaba fácil sus sentimientos, aunque los tenía y muy profundos. Un entrañable cariño la unía a sus padres; gracias a ello, soportó su divorcio sin daño psíquico de consideración. Atractiva, de mediana estatura, cutis muy blanco y ojos claros. No se caracterizaba por tener una desbordante sensualidad, aunque tampoco carecía de ella. Reaccionaba enérgica ante la agresión externa, poseía una voluntad firme y un carácter fuerte. Orgullosa, le dolían las ofensas y jamás olvidaba una traición. Veía el sexo con naturalidad, pero con respeto; era moderna, elegante y aficionada a la lectura. Como a su padre, la impulsaba un insaciable afán de superación. Nunca censuró los actos de Roberto y no se opuso a su relación con Alicia, aunque presentía que la diferencia de edad sería un obstáculo insalvable, quería que su padre fuera feliz. Cuando se enteró de la extorsión que sufría, estuvo a su lado de inmediato.

Al salir de la clínica, estaban los dos decaídos; no era común ver a un familiar tan próximo en forma clandestina como si fuera un extraño. La visita les había dejado un sabor amargo; fueron a tomar un café a una confitería cercana.

—Papá, ¿no la viste más a Alicia?

—No, ¿por qué lo preguntás?

—Por nada, ¿te molesta hablar de ella? Si no, cambio de tema.

—Tranquila, debo afrontar la realidad… Temo encontrarme con Alicia, no sé qué podría pasar. Al principio, cuando me enteré de lo que había hecho, algo se murió dentro de mí. No sentía nada por ella, ni siquiera rencor, solo indiferencia. Intuyo que esa sensación fue una defensa de mi subconsciente, no quería sufrir. No me equivoqué, ahora, lento, voy sintiendo cosas. Como si estuviera redescubriendo a Alicia, rescato momentos, experiencias, conductas de ella… La llevo conmigo.

—Todavía la querés, ¿no, papá?

—No sé, es como ver algo querido que se ha roto: podrás sufrir, intentar recomponerlo, pero nunca volverá a ser igual.

—Tengo que decirte algo, papi: Alicia vino a verme, hace dos días.

Roberto quedó paralizado, extrañaba a la hermosa muchacha.

—¿Qué quería?

—Vendió en setenta mil dólares el departamento que le donaste. Agradece tu gesto, pero no acepta quedarse con él. Piensa que vos comprenderás… Te pide perdón por haberte hecho sufrir tanto, no te dijo antes la verdad por temor a perderte. Asegura que no tenía opción, que estuvo obligada a mentir. En casa tengo los dólares que me entregó, mañana te los daré.

—Hubiera preferido que se quedara con el departamento —dijo él—, tendrá que volver con sus padres. Es una buena chica, merece lo mejor, ¿que más te dijo?

—Que murió el papá —dijo Julieta—. Ya no teme que se sepa la verdad. Habló con su hermanita y le contó todo sobre la extorsión de Álvez. Las dos están dispuestas a testificar ante la justicia, incluso a confesar lo del aborto.

Roberto quedó pensativo, pidió dos cafés más, luego comentó:

—El testimonio de mi examante no me serviría para demostrar que me sustrajeron semen. El de Mabel tampoco, ella solo sabe lo de su legrado, lo demás siempre lo desconoció. Su confesión no sería decisiva. ¿Cuándo murió el padre de Alicia? No me enteré.

—No falleció aquí, sino en Ayacucho, hace un mes. Lo velaron allí, la familia viajó para asistir al velorio; no te avisó para que no te sintieras comprometido.

—Me hizo un favor, ¿no te contó nada más?

—Que yo recuerde, no.

—Bien, Julieta, ahora que nació el chico, me demandarán para que reconozca la filiación. Allegri me comentó por teléfono que tienen preparado el escrito.

—¿Te llamó?

—Sí, para hacerme una oferta. Bajaron sus pretensiones a nueve millones de dólares; si los pago en forma inmediata, retirarán sus cargos y firmarán lo que yo quiera. Me dio a entender que me devolverían el esperma restante. Pero no es tan fácil, nunca podría estar seguro de que cumplieran, los derechos del chico son irrenunciables. Podrían recibir el dinero y luego volverme a hacer el mismo planteo. Además, no quiero transigir con gente de esta calaña, sería degradante. Sé que me puede costar mucha plata, pero correré el riesgo.

—Te da bronca perder tanto, ¿no papá?

Burán se quedó pensativo, como si no supiera qué responder. Finalmente dijo:

—Sabés bien cuánto he sufrido, pero ahora lo que más me preocupa es mi hijo, debo protegerlo de su madre y de Álvez.

—Es lo que esperaba de vos, papá, aunque a veces siento como si nos estuvieran metiendo un intruso en casa. La mitad de su sangre es de esa víbora y eso me produce asco. Pero la otra es tuya, así que tendré que aprender a quererlo. El chico no tiene la culpa. Tengo miedo de que traten de asesinarnos, me hiciste asustar. Aunque eso no pasara, no me agradaría que me dieran un manotazo en lo que se supone será mi herencia. No soy la madre Teresa, hago esfuerzos para no ser egoísta, después de todo es tu plata. Si vos reconocés al bebé, es lógico que tenga todos los derechos que le corresponden como hijo. Si aparecieran diez hermanitos más, creo que no podría ser tan razonable. ¿Les dará el cuero para hacerlo?

—Según Bareilles, es muy improbable. Dice que, si lo hicieran, su versión sería menos verosímil, ojalá esté en lo cierto. A veces pienso en vender un campo y arreglar con ellos. Pero no confío para nada. He recibido amenazas telefónicas, aconsejándome que acepte acordar el pago de nueve millones de dólares.

Quien me amenazó dijo que, si no lo hacía, iba a embarazar a otras mujeres para que hubiera varios hijos míos andando por el mundo. Se reía diciendo que ya tenía algunas candidatas asiáticas, africanas y hasta una demente. Antes de cortar, me dijo que tuviera cuidado con la salud de mi hija. ¿Te das cuenta, Julieta? Tenemos que cuidarnos. No quiero descartar ninguna posibilidad, me preocupa mucho que traten de eliminarte. Si lo hicieran, duplicarían la herencia del chico. Tenemos que tomar precauciones especiales. He contratado un servicio de seguridad de primera línea. Al menos durante algunos meses tendrás guardaespaldas capacitados a tu disposición las veinticuatro horas del día. Te ruego que nunca salgas sola de noche, ni vayas por lugares peligrosos. Voy a blindar la puerta de tu habitación. No te asustes, júrame que te cuidarás...

—Te lo juro —dijo Julieta—, aunque me resulta difícil no asustarme. Son capaces de cualquier cosa.

—Es mejor que pienses así, querida. Volvamos, que ya es tarde.

Ella lo detuvo, diciéndole:

—Esperá, me olvidaba de algo: Alicia me dijo dos cosas antes de irse. Una de ellas, que estaba a disposición tuya o de la policía, para dar detalles de lo que había sucedido. La otra, que si pensabas averiguar cosas de Álvez, la persona indicada podía ser Estela Cáceres.

—¿Quién es?

—La secretaria de Álvez —contestó Julieta—. No tiene buena onda con él, está resentida y puede servirnos. Simpatiza con Alicia, le comentó que Álvez era una mala persona, que la trataba horrible.

—Muy interesante; lo tendré en cuenta —dijo él—, ¿vamos?

—Vamos —asintió Julieta.

MAR DEL PLATA, JUEVES 9 DE FEBRERO DE 2012

—Rocío, ¿cómo te va? Habla Roberto, ¿todo bien?

—Sí —contestó ella—, ¡cuánto tiempo!, ¿cómo estás?, ¿tuviste alguna novedad?

—Hoy recibí la cédula de notificación. Me demandan por reconocimiento de filiación, piden que se efectúen pruebas biológicas para determinar la paternidad. Se fijó una audiencia para el viernes 18, a las 10 horas, ¿podrás venir?

—A ver, dejame ver mi agenda, sí, tranquilo… ¿Qué tal es el tribunal de familia que nos tocó?

—Bueno —dijo él—, la presidenta es una persona honesta y humanitaria. Las otras dos son aceptables. En este sentido tenemos suerte, pero…

—¿Qué, Roberto?

—La presidenta, la doctora Marina Bisson, ama a los niños, apoyará a la madre. Para sacarle la tenencia a Juana Artigas necesitaremos un aluvión de pruebas. Se nos complicará mucho... Lo fundamental es que tenga sensibilidad, no es una virtud que abunde en plaza, la verdad. Hay cada uno...

—Pero seguí, Roberto, ¿está bien hecha la demanda?

—Sí, Rocío, es buena, clara y sencilla. El esquema clásico: la pobre mujer seducida por un hombre malo que la preña. El pequeño inocente que no es reconocido por el maligno padre... En fin, vos ya sabés, no omiten nada, aseguran que tuve relaciones con Juanita hasta hace poco, incluso que durante el embarazo reconocí que era el padre ante el médico ginecólogo. Álvez, por supuesto.

—Lo que imaginábamos, Roberto. Mandame una copia escaneada de la demanda por correo electrónico. Dentro de una hora vamos a estudiarla con papá para ver si le encontramos algún defecto o error. Nos mantendremos en contacto, a la tarde te llamo y te comento las conclusiones, ¿de acuerdo?

—De acuerdo —dijo él, y agregó—: Rocío, lo pasé muy bien cuando fuimos a cenar, quería decírtelo...

Silencio en la línea. Finalmente, ella contestó.

—Gracias, fue una hermosa noche. Nos vemos, un beso…

—Nos vemos —contestó Roberto.

Recién a las ocho de la tarde, telefoneó la abogada. Roberto hacía un largo rato que estaba aguardando su comunicación.

—Hola, Roberto, no pude llamar antes, recién ahora tengo el panorama claro. Con papá pensamos que la demanda está bien hecha, no cometieron errores. Los cambios en la situación dependen de nosotros. ¿Averiguaste algo nuevo para tu defensa?

—Muy poco, hace unos días Julieta me comentó que Alicia la fue a visitar…

—¿La volviste a ver?

—No, pero se ofreció a ayudarme, también su hermana Mabel. Ya habíamos hablado con tu padre y con vos sobre esta posibilidad, sabemos que no nos ayudará mucho.

—Quién sabe, Roberto, habría que verlo. Por ahora es bueno saber que podemos contar con ellas, hay que pensar en qué es lo que nos conviene que digan. ¿Mabel estaba enterada de la extorsión de Álvez sobre Alicia?

—No, Alicia se lo ocultó, para no angustiarla, ¿te parece que nos puede servir?

—Vos dijiste que la jueza tenía sensibilidad, ¿no? Le daremos ocasión de probarlo. Supongo que alguien perspicaz que escuche a Mabel y a Alicia sabrá si mienten o no: es fundamental que convenzamos al tribunal, especialmente a la doctora Bisson, de que decimos la verdad. Debe darse cuenta de que te están defraudando, tenemos que lograrlo. Con lo que tenemos no nos basta; la versión de Juana Artigas es sólida. Además, que nos crean las juezas no es suficiente: tenemos que aportar elementos probatorios serios. Si no lo hacemos, no sentenciarán a nuestro favor. Este es el punto flojo; las pruebas: carecemos de ellas. ¿Contrataste a algún profesional para que investigue? Es importante, la verdad.

—Sí, Rocío, se lo encargué a un policía retirado, un tipo hábil que conozco desde hace muchos años. Aún no ha podido descubrir nada. Aunque…

—¿Sí?, ¿algo más, Roberto?

—No sé, una posible pista. Alicia le dijo a mi hija que la secretaria de Álvez, Estela Cáceres, puede ser informante. Fernando Ridenti se ocupará de aproximarse a ella, irá con Alicia. Es el más hábil negociador que conozco, dentro de unos días se encontrarán.

—¿Le ofrecerá dinero? —interrogó la abogada.

—No lo sé, Rocío, te confieso que en estas circunstancias no tendré ningún prejuicio moral.

—Es un caso especial, te comprendo, Roberto. Necesitamos probar la verdad. Supongo que no le pedirás que mienta…

—No, Rocío, pero sí que declare. Puede darnos información valiosa. Mientras tanto, ¿qué hacemos?

—Tenemos quince días hábiles para contestar la demanda. Papá recomienda juntar antecedentes y pruebas y no mostrar todas las cartas en la audiencia. Si Allegri conociera nuestro juego, correría con ventaja. Diríamos que si el bebé fuera tuyo, sería solo porque Juana habría sido inseminada con tus espermatozoides. Para eliminar toda duda, ofreceremos someternos de inmediato a las pruebas biológicas.

—Eso no lo entiendo —dijo Burán—, ¿para qué?

—Para saber nosotros rápido si sos o no el papá. Le ofreceremos a la contraparte que actúe un perito de nuestra absoluta confianza.

—¿Un acuerdo? No lo entiendo…

—Tranquilo, Roberto, no hablo de una transacción. Simplemente le pediremos a Allegri que acepte que realicemos una pericia previa con un profesional jerarquizado elegido por nosotros. Ya lo tenemos, se trata del doctor Saúl Zimbrein, una eminencia. Él ya dio su consentimiento: realizaría los análisis a un costo razonable.

—¿Te parece que Allegri aceptará?

—Creo que sí, Roberto, ¿en que se perjudicaría? Pensá, si dijera que no, la obligación de probar tu paternidad estaría a cargo de Juana Artigas. En cambio, si aceptara la intervención de Zimbrein y su dictamen fuera positivo, ya tendría probado que el chico es tuyo. Se ahorraría mucho tiempo y trabajo, tendría casi ganado el juicio. Si el dictamen estableciera que el bebé no es tu hijo, Juana Artigas no perdería ningún derecho. Nosotros aceptaríamos que el dictamen de Zimbrein no fuera oponible a Juanita Artigas. Ella siempre podría pedir otra pericia judicial, ¿te das cuenta?

—Sí, Rocío, pero ¿qué buscás con esta política?

—Primero, saber cuál es la verdad; una vez que estemos convencidos de que el chico es tuyo, nuestra actuación será más firme. Vos nos dijiste que no querías desconocer al chico si realmente eras el padre, ¿seguís pensando igual?

—Sí, espero no arrepentirme.

—No lo creo —dijo ella—, además, la mentira tiene patas cortas; la realidad siempre aflora.

—¿Qué otra razón tenés para obrar así, Rocío?

—Calmate, Roberto, te noto acelerado, te tiembla la voz. Ya te voy a explicar… En segundo lugar, las juezas verán que nuestro planteo es serio. Conforme con lo que acordamos en Buenos Aires, no rechazarías tu responsabilidad de padre si la prueba biológica determinara que lo sos. Al no negarte a la pericia, al aceptar mantener al chico si efectivamente es tuyo, le sacarás un peso de encima al tribunal de familia y a la señora asesora de incapaces. Esto sería fundamental para nosotros, cualquiera fuera el resultado del juicio, aunque lo perdieras.

—No comprendo, Rocío.

—Si el dictamen de Zimbrein acreditara tu paternidad y no pudiéramos probar el fraude de Juana Artigas, el juicio estaría perdido. No podrías sacarle la tenencia y menos privarla de la patria potestad; solo podrías visitar a tu hijo, controlar que la madre se ocupara de él, que no malgastara el dinero que le pasaras. Sería el resultado más pobre que podríamos tener, pero no quiero menospreciarlo. Tanto las juezas como la asesora de menores deben comprender que lo más valioso para vos es el chico. Si lográramos que comprendieran esto, creo que te dejarían tener una influencia decisiva en su formación. La Artigas se encontraría limitada, se vería obligada a portarse bien. Evitarías que el chico sufriera daños irreparables por su mala influencia. ¿Comprendés cuál es la idea?

—Sí, Rocío, pero me aterra pensar que lo pueda educar Juanita.

—No te quiero ilusionar, Roberto, es difícil. Dejaremos claro que, si fueras el padre, estarías dispuesto a asumir la responsabilidad, aun cuando no te hayas acostado con Juana Artigas. Mi padre aconseja no hablar demasiado en la audiencia sobre los detalles. Simplemente decir que hubo una apropiación indebida de tus espermatozoides. No explicar cómo fue todo, sino decir que al contestar la demanda lo harás. De esa manera, tendremos aproximadamente diez días hábiles más para investigar. Ojalá consiguiéramos información que cambiara las expectativas. Magia no podemos hacer, ¿estás de acuerdo?

—Está bien Rocío, es coherente, si asumiera la paternidad no podría decir otra cosa, me parece lógico.

MAR DEL PLATA, VIERNES 24 DE FEBRERO DE 2012

—Bienvenida, Rocío, creí que el avión no aterrizaría por la tormenta…

Roberto la recibió en el aeropuerto de la ciudad de Mar del Plata, las condiciones climatológicas eran pésimas.

—Pasé un susto bárbaro —contestó ella—. Nunca me acostumbraré a volar. No sabía si el avión aterrizaría o si volvería a Buenos Aires. ¿Cómo anda todo?

—No es mi mejor momento, pero estoy sanito…

Partieron hacia la ciudad bajo una lluvia torrencial; la audiencia era a las once de la mañana, tenían todavía una hora para conversar sobre los últimos detalles.

—¿Algo más, Roberto? ¿Contactaste a Estela Cáceres?

—Estamos en eso… Mañana a la noche, Fernando se encontrará con ella en una confitería poco frecuentada; Alicia lo acompañará.

—¿La volviste a ver?

—No, por ahora he preferido mantenerme a distancia.

—¿Por ahora? ¿Volverás con ella?

—Ni pienso en eso, tengo demasiadas complicaciones como para buscarme más.

—Me sorprende que actúes así…

—¿Cómo así?

—Con miedo, Roberto, creí que te jugabas más… Si sentís deseos de volver con ella, ¿por qué no lo hacés?

—No sé si lo deseo. Estoy confundido, actúo con prudencia, no es cuestión de romper todo a cada paso. Son decisiones importantes. El retroceso podría ser doloroso, tanto para mí como para Alicia. Además, es posible que ella no quiera ya saber nada de mí. No me extrañaría que así fuera. Los problemas que estoy viviendo no me permiten pensar en mis afectos. Me llueven golpes de todos lados. Me limito a tratar de salvar la cabeza. No veo por qué te parece raro. No te entiendo, Rocío, pareciera que estás interesada en que me vincule de nuevo con Alicia, ¿por qué?

—No es así, solo quise ayudarte a ver las cosas. No tengo derecho a meterme en tu vida privada, perdoname.

—Nada que perdonarte; por el contrario, podés decirme o preguntarme lo que quieras...

—¿Lo que quiera? Tené cuidado, es peligroso darle tantas facultades a una mujer, podría interferir en tu vida.

—Cuidado tendrías que tener vos, Rocío: a lo mejor es una trampa mía. ¿No será que estoy buscando que interfieras?

—¿A mí me lo preguntas? Si no lo sabés vos... Mirá, creo que no estoy actuando como una defensora seria, debo prepararme para la audiencia.

—Tenés razón, Rocío, disculpame.

—Bien, decime, Roberto, ¿nos va a acompañar alguien?

—Nadie. Federico Lizter tiene algunos problemas que resolver. Los iba a dejar de lado para acompañarnos, pero le dije que no era necesario que viniera. Tenemos la estrategia diagramada, hemos analizado la demanda, no tiene mucho sentido molestarlo. Igual nos limitaremos a delinear nuestra oposición, ¿vos crees que debe venir?

—No, está bien, Roberto. Decime, ¿cómo querés manejarte en la audiencia? ¿Preferís que hable yo? A lo mejor te gustaría dirigirla vos...

—Sos más competente que yo, no tengo mucha experiencia en cuestiones de familia. Además, estoy muy involucrado, me puedo descontrolar. Llevá la voz cantante; nosotros tendremos ocasión de dialogar sin que nos escuchen para intercambiar ideas si resultara necesario.

—Como quieras, Roberto. Si te parece bien, podríamos ir a tu estudio a dar la última leída a la demanda. Luego, al juzgado. ¿De acuerdo?

—De acuerdo —dijo Burán.

A las once de la mañana estaban en la sala del tribunal. También se encontraban allí Juana Artigas y su letrado, el doctor Sebastián Allegri.

Pocos minutos después, llegó la asesora de menores: la doctora María del Carmen Fernández, de treinta y siete años de edad y cinco de función en su cargo. Era una mujer baja y regordeta, de aspecto agradable, que actuaba con responsabilidad y amor por su profesión. La defensa de los incapaces en general constituía para ella una tarea de máxima importancia; la consideraba una suerte de apostolado que ejercía con vehemencia y honestidad. Contar con una sólida familia, que le brindaba mucha felicidad, le permitía mantener el equilibrio en las difíciles situaciones que diariamente tenía que enfrentar.

Un empleado los hizo pasar a una amplia sala de audiencias. Tras un antiguo escritorio, la doctora Marina Bisson los estaba aguardando.

Era una persona muy especial, setenta años recién cumplidos, refinada educación y gran sentido humanitario. No era una jurista de renombre, ni se destacaba por redactar sentencias enciclopédicas, pero sus fallos eran justos y en ellos siempre se privilegiaba el interés de los niños. Era conocida su capacidad para lograr reconciliaciones cuando todo parecía imposible; muy religiosa, tenía una innata bondad cuyo mejor ejemplo era su propia vida. De educación rígida, había pasado su infancia internada en un colegio de monjas. Pese a ello, tenía amplitud, comprendía al ser humano y lo respetaba. Había aprendido a ser compasiva con sus semejantes y siempre tenía alguna disculpa a la hora de juzgar las conductas desviadas, no le gustaba calificar a las personas. No obstante, al momento de decidir, lo hacía sin dudar y casi nunca se equivocaba. En su juventud era muy hermosa; en realidad podría decirse que lo seguía siendo, una mujer de edad, de una viudez honorable y de riquísima personalidad. Tenía la clásica apariencia latina, cutis muy blanco, ojos y cabellos negros… No muy alta, pero de cuerpo armonioso. Su fino trato y cierto afrancesamiento le daban un «toque» distinguido.

Conversar con ella resultaba ameno y enriquecedor; era, en síntesis, una interesante persona y una eficiente magistrada. Responsable, de irreprochable honestidad, incapaz de desoír la voz de su conciencia…

La doctora Marina Bisson creyó que el problema planteado entre Juana Artigas y Roberto Burán sería como tantos otros que con frecuencia veía en su despacho. Estaba acostumbrada a ese tipo de situaciones: hombres casados, divorciados, incluso solteros solían embarazar a mujeres solas. En esas condiciones, era común que ellas desearan ser madres. Cuando no había dinero de por medio, generalmente todo resultaba sencillo, pero cuando el interés económico era grande, los conflictos se complicaban. En ocasiones se suscitaban verdaderos dramas pasionales que la doctora Bisson sabía manejar con mano firme; era una experta en ese tipo de procesos. Conocía a Burán y sabía que lo precedía una excelente reputación. Nunca había defraudado a nadie. No era un santo, pero no transgredía ciertos límites ni perjudicaba a sus clientes; otros colegas no tenían los mismos reparos.

La sala era confortable, amueblada con sobriedad, pero sin ostentación alguna; en los sillones había cinco plazas, lo justo para que todos se sentaran. La magistrada observaba a todos minuciosa detrás de su escritorio y sacaba sus conclusiones preliminares.

Juanita estaba callada, expectante; sabía que tenía en su poder las cartas de triunfo, pero era consciente de la inmoralidad de su proceder y temía ser descubierta. Las instrucciones que Allegri le dio fueron claras: se debía abstener de emitir palabra y adoptar una imagen de humildad y de desamparo, para despertar la misericordia de la jueza. El abogado procuraría sensibilizar a la doctora Bisson y a la asesora, convencerlas de que Juanita era una pobre mujer a la que Burán había utilizado. El astuto asesor de Juana Artigas ignoraba la posición que asumiría la parte demandada. Por ese motivo, prefería que Burán hablara primero. Para proponerlo, pidió la palabra levantando su mano derecha.

La jueza dijo:

—Sí, doctor Allegri, ¿quiere hablar?

—No, doctora, solo pedir que la contraparte se manifieste primero. Ya lo dijimos todo en la demanda. El doctor Burán ya la ha leído, a él le corresponde expedirse. Por lo que sabemos, no quiere reconocer a su hijo.

La doctora Bisson se dirigió a Roberto y le preguntó:

—Doctor Burán, ¿tiene algo que decir al respecto? Quisiera encauzar desde el inicio esta audiencia, de ese modo todo resultará más fácil. ¿Le parece bien?

Roberto dijo:

—Perdón, señora juez, quisiera comentar que me acompaña en este acto la doctora Rocío Bareilles. Es una profesional de Buenos Aires, especialista en derecho de familia. A los fines de ser coherente y de evitar un inútil desgaste jurisdiccional, quisiera que ella me representase en este acto.

—Me parece aceptable —dijo la doctora Bisson—, de todos modos, le recuerdo que hemos reunido a las partes para tratar de llegar a una conciliación... Para el juzgado es fundamental no solo su presencia, sino su efectiva intervención. Esto, sin perjuicio de reconocer su derecho a ser asesorado. La escuchamos, doctora Bareilles.

Rocío usaba un vestido muy elegante; había abandonado en esa ocasión el estilo informal que le gustaba, deseaba desempeñar el rol de defensora de Roberto sin dar ventaja alguna. La primera impresión podía ser decisiva. Sin levantarse de su asiento, dijo:

—Gracias. Señora jueza, no aprobamos la opinión del distinguido letrado de la parte actora. No es cierto que en su escrito de demanda esté anticipada su postura, no al menos con relación a esta audiencia. Allí se limita a imputarle a mi cliente conductas desviadas y la paternidad de un niño, pero nada adelanta respecto de los lineamientos de una posible conciliación. Simplemente solicita se convoque a las partes, pero no expresa qué soluciones ofrece. Estamos, por tanto, dispuestos a oír propuestas. Es razonable creer que la señora Juana Artigas las tiene. De lo contrario, no habría pedido esta reunión, es lo que nos parece lógico suponer.

Allegri se sintió turbado. Podía persistir en su actitud, pero creyó que reflejaría una conducta equívoca; por ello, aceptó hablar antes que sus adversarios procesales.

—Está bien, aunque no compartimos los dichos de la representante del doctor Burán, comenzaremos nosotros. Iremos al grano. Los hechos están claros en la demanda. En primer lugar, quisiéramos saber si el doctor Burán está dispuesto a reconocer su paternidad. Eso nos evitaría seguir explayándonos en temas que quizás no estén controvertidos. Por otra parte, eso es lo fundamental, todo lo demás viene por añadidura. ¿Contestaría usted, doctora Bareilles?

—Bien, doctor Allegri, veo que usted prioriza el análisis de la filiación y quiere saber si mi cliente acepta ser padre. Pero, ¿podríamos primero saber por qué le interesa la paternidad del doctor Burán? ¿Es para asegurarle a la señora Juana Artigas la administración de una importante cuota alimentaria? ¿Para que el niño tenga derecho a heredar a mi representado? Nos parece importante escuchar primero una respuesta a estos interrogantes, ¿podría ser, vuestra señoría?

La jueza estaba un poco sorprendida; la audiencia se estaba escapando de los carriles habituales. Allí parecía haber algo escondido, se estaban dando demasiadas vueltas. Pero, como estaba interesada en llegar a la verdad, le pareció que lo mejor era dejar que las partes mantuvieran un juego dialéctico.

—Doctor Allegri, ¿podría decirle al juzgado cuál es el interés esencial que persigue la señora Artigas?

—¡Pero señora jueza! ¡Esta audiencia está tomando un cariz inquisitorio! ¡No estamos aquí para ser interrogados! Es evidente el interés de mi parte: la señora Artigas desea que se reconozcan los derechos que la ley otorga a su hijo. La actora reclama el reconocimiento de un derecho. Que hable el doctor Burán, ya que tanto parece preocuparse por nuestro interés. Que diga si es o no el padre del bebé, ¿pedimos demasiado, vuestra señoría?

—¿Qué responde, doctora Bareilles? —dijo la jueza.

Rocío respondió:

—Informaré al juzgado, pero el doctor Allegri todavía no ha contestado la pregunta que se le formulara.

La doctora Bisson pareció molesta, levantando leve el tono de voz, dijo:

—Tratemos lo sustancial. Estimados doctores, de ahora en más, conduciré la audiencia en forma más rígida, no aceptaré interrupciones ni cabildeos. Consideraré el silencio como una negativa a someterse a la conciliación. Si existe algún reparo para llegar a concretarla, pido que se me plantee en este preciso momento; no deseo que perdamos más tiempo si la intención no es conciliatoria. Le aclaro, doctora Bareilles, la explicación del doctor Allegri es para mí una respuesta suficiente, aunque no refiera detalles. Debe entender por lo tanto que el doctor Allegri demanda alimentos, tenencia del menor, todo como consecuencia de su reconocimiento filiatorio, ¿me equivoco?

—En nada —respondió el letrado de Juanita, exhibiendo una irónica sonrisa.

Rocío permaneció impasible, la jueza no estaba en condiciones de imaginar todo lo que se encerraba tras la sencilla pretensión de Juana Artigas.

Con voz pausada, la hermosa abogada comenzó a dar explicaciones:

Está bien, sintetizaré al juzgado y a la asesoría de menores cuál es nuestra postura sobre este juicio. No negamos la paternidad de mi cliente ni la afirmamos.

A Allegri se le borró la sonrisa y la asesora intervino preguntando:

—Discúlpeme, doctora, ¿debemos interpretar que su cliente tiene dudas acerca de su paternidad?

—Sí, pero hay más... Doctor Burán, me gustaría que usted explicara lo que pasó.

—Gracias —dijo Burán—. Doctora Bisson, doctora Fernández, me toca hoy la desgracia de estar involucrado en forma personal. Soy conocido en este foro, creo que gozo de buen concepto. Me reservaré los detalles para el momento de contestar la demanda. Pero adelantaré la sustancia de mi pensamiento, diciendo la verdad: jamás, entiéndase bien, ¡jamás!, tuve relaciones sexuales con la señora Juana Artigas. Quede claro por tanto un primer punto, no tuve voluntad de engendrar un hijo con ella, ni tuvimos un contacto que pudiera provocar tal resultado.

Allegri exclamó:

—¡Bien! Aceptará entonces someterse a pericias biológicas, ¿no? ¡Veremos quién miente!

Rocío intervino serena:

—Perdón, señora jueza, el colega está interrumpiendo al doctor Burán. Es una falta de respeto... Si se nos concedió expresarnos, ¿no tenemos derecho a impedir que se limite nuestra exposición?

—Es verdad —dijo la doctora Bisson—. Le pido, doctor Allegri, que se abstenga de inmiscuirse en la declaración de la parte demandada, ¿está claro?

—Sí. Disculpe, señora jueza —contestó Allegri.

—Prosiga, doctor Burán —ordenó la magistrada.

—Gracias, doctora… Había dicho que nunca tuve relaciones íntimas con la señora Artigas, pero el caso es complejo… Lo voy a decir con todas las letras: pienso que ella fue fecundada con mi semen en forma artificial. Mis espermatozoides fueron obtenidos con fraude por la señora Artigas, con la colaboración de un cómplice.

Luego de esta manifestación, todos quedaron en silencio, ninguno supo qué decir… Allegri reaccionó violento, vociferando:

—¡Es una bajeza! ¡No puedo permitirle esto! ¡Ofende a la señora! ¡Pido al tribunal que aplique sanciones!

Rocío se apresuró a manifestar:

—Sabemos que estamos imputando un delito a la actora y que es improbable que podamos probarlo. Queremos ser fieles a la verdad, más en un caso como el que nos ocupa. Comprenderá vuestra señoría que el doctor Burán no tiene por qué estar obligado como padre cuando no tuvo voluntad en procrear el hijo de la señora Artigas. Aun cuando existiera un nexo biológico, no habría acto voluntario.

Allegri interrumpió a Rocío, alterado.

—¡Queda claro cuál es la finalidad de Burán! ¡Pretende no hacerse responsable del bebé! Es absurdo lo que dice, una película de ciencia ficción. Dejo acotado que tendrá que probar cada uno de los hechos que invoca. No se debería admitir que hable con tanta liberalidad de temas tan delicados. Se está acusando a mi clienta de un delito muy grave. Aclaro que promoveré una acción por calumnias contra el doctor Burán.

La asesora de incapaces apoyó las palabras de Allegri, diciendo:

—Mire, doctor Burán, mientras usted no demuestre sus dichos, nos atendremos a las evidencias actuales. Parece que reconoce que es muy probable que exista un nexo biológico con el niño, ¿es así?

—Lo es —dijo Roberto.

La doctora Bisson interfirió:

—Entonces usted comprenderá. Si se demuestra que el chico es genéticamente suyo, la ley lo considerará padre.

La doctora Fernández agregó:

—A criterio de la asesoría, será indiferente que haya habido o no voluntad de su parte.

Anticipaba su opinión, como siempre, favorable al menor.

—Sin meternos en ese campo tan complejo —acotó la jueza—, dígame, doctora Bareilles, ¿piensan insistir en este planteo?

Allegri dijo elevando la voz:

—¡¿Se da cuenta, señora jueza?! ¿Comprende que nuestra postura es correcta? No quiere alimentar al bebé, ni reconocerlo; trata de eludir sus obligaciones.

—Nada más equivocado —dijo Rocío—. Por el contrario, queremos deslindar bien los campos. Deseamos averiguar si nuestro cliente es o no padre biológico del niño. Si se demostrara que lo es, el doctor Burán asumiría todas las obligaciones derivadas de la paternidad. Abonaría una cuota alimentaria, se ocuparía de asistir al menor, de educarlo y de tratarlo como hijo. Esto último implicaría visitarlo, participar en su formación. Demostramos con esta actitud la falsedad de las afirmaciones de la contraparte.

Allegri se puso pálido; de modo imprevisto, Burán había pasado a ser el personaje bueno de la escena. No supo qué decir…

Rocío continuó:

—Señora jueza, señora asesora, la actitud de Burán pone en evidencia que ha sido víctima de una maniobra delictuosa que será difícil probar. Mi cliente ha dado prevalencia a su condición de «posible» padre. Como tal, su interés prioritario es el del menor. En este sentido, queremos expresar que no existirán puntos de colisión con la doctora Fernández. Es fundamental que se comprenda nuestra idea, porque a partir de ella se interpretará nuestra conducta.

—Puntualice qué es lo que persigue su cliente —exigió la jueza.

—Proteger a su hijo —respondió Rocío— si realmente lo fuera. Mi mandante no puede admitir que el niño quede bajo la patria potestad de su madre. Ella le causaría un perjuicio irreparable; ha realizado esta maquinación para sacarle dinero a mi cliente, no le importó su chico. Como verá, señora jueza, puede ser capaz de hacer cualquier cosa.

Allegri tronó:

—¡Si esto sigue así, nos retiraremos de la sala! ¡No seguiré tolerándolo!

La doctora Bisson y la asesora se mantuvieron calladas: la versión de Roberto las había impactado. Había sido tan espectacular la revelación que intuyeron que algo de verdad existía tras ella. La jueza expresó:

—Doctor Allegri, comprendo su irritación, pero creo que debería tomarlo con más calma. Estamos en una audiencia previa, son simples manifestaciones de las partes. El juzgado solo tendrá por ciertos los hechos que sean probados. Quédese tranquilo, por favor...

Allegri se sintió obligado a hablar:

—¡Es que mienten!, ¡es ridículo lo que dicen...!

Mientras tanto, Juanita fingía que sollozaba, jugando el rol propio de una mujer débil, incapaz de sostener un diálogo tan fuerte.

Su abogado insistió:

—Quiero aclarar que sin probar que existió un delito no es posible aceptar la fantasiosa versión de la contraparte. Comprenderá, señora jueza, que sin previa condena en sede penal nadie puede ser calificado de delincuente. Sin embargo, es lo que pretende Burán. Tomándome igual licencia, podría decir que es un corrupto, o un asesino. Tendría el mismo derecho, creo que el juzgado debería sancionarlo.

—No comparto su tesis —aseveró la jueza—. Si bien los juicios del doctor Burán son muy sorprendentes y graves, no deseo aplicarle sanciones, no todavía. Si se demostrara que miente, seré severa en castigar su conducta. ¿Queda claro para todos?

—Nuestro esquema es muy sencillo —expresó Rocío—, demostramos con nuestra actitud que, de existir el nexo biológico, asumiremos toda la responsabilidad. De este modo, estamos evidenciando que nuestro interés es evitar que Juana Artigas tenga la patria potestad o la tenencia de su hijo. Más allá de lo económico, deseamos que no se perjudique al niño.

Allegri gritó:

—¡Falso! ¡Jamás escuché una hipocresía tan grande! ¡No puedo permitir que se siga ofendiendo a mi clienta! Pido al juzgado que ponga límites a la parte demandada, es absurdo lo que dice. ¡Yo sé por qué se actúa así! Burán no ignora que las pruebas biológicas demostrarán su paternidad. De nada le serviría ahora negarla… No tiene dudas, él sabe que es el padre. Con este planteo, busca confundir al tribunal y al ministerio pupilar para desacreditar a mi representada. De este modo, piensan sacar alguna ventaja procesal; pedirán luego una disminución de la cuota alimentaria o algo similar, estoy seguro. Ruego al tribunal que no prosiga en estas condiciones la audiencia, así no se puede intentar una conciliación.

—No es cierto —dijo Rocío—, al contrario, no sé por qué se enoja el distinguido colega, ¿qué más puede pretender? Le estamos diciendo que el doctor Burán aceptará las responsabilidades de padre, si se prueba la vinculación filiatoria. ¿Por qué se agravia entonces?

—¡Porque está acusando a mi clienta de estafadora! ¡Nada menos que por eso! ¿Le parece poco? —exclamó furioso Allegri.

—Cálmese, doctor —prosiguió Rocío—, de nada sirve que se exprese con tanta violencia… Si piensa que nuestra actuación puede ser sancionada, tiene a su alcance las vías legales que juzgue convenientes. Nosotros no podemos dejar de decir la verdad, lo que está pasando es demasiado grave. Estamos dispuestos a enfrentar las dificultades probatorias que existen... Pero lo más importante es que el doctor Burán, aunque de ningún modo tuvo relaciones con la señora Artigas, igual está dispuesto a asumir la condición de padre, siempre y cuando realmente lo fuera.

Allegri vociferó:

—¡Por supuesto que lo es! ¡Por eso inventaron esta fábula! La idea de la defraudación es novelesca, no puede creerla nadie en su sano juicio.

—¿Le parece? —preguntó Rocío—. No es así, lo que planteamos es factible.

La asesora interrogó:

—¿Cuál es su versión, doctora Bareilles? No es suficiente lo que nos ha dicho...

—Ni lo que les dirá —dijo Allegri en tono de burla.

Haciendo caso omiso de Allegri, Rocío le contestó a la asesora.

—Doctora Fernández, sepa comprender que no podemos decir todo. Deseamos esgrimir una correcta defensa al contestar la demanda; en esa oportunidad, exteriorizaremos toda la situación.

—Bueno, entonces esta audiencia no tiene razón de ser —manifestó Allegri—, ¿para qué continuarla?

—Tiene razón —dijo la jueza—, habría que esperar la realización de la pericia médica.

—Sobre esto quisiera pedir algo —expresó Rocío—. La señora Artigas asegura que mi cliente es el progenitor de su niño, ¿correcto?

—Correcto —respondió Allegri.

—Bien, el doctor Burán también está interesado en averiguar si existe en verdad un nexo biológico. No deseamos esperar a que se realice una pericia judicial, demoraría mucho. Contamos con la colaboración de un científico reconocido en la República Argentina y en el exterior, el doctor Saúl Zimbrein. Pedimos que la demandante nos facilite material genético suyo y de la criatura para realizar las pruebas biológicas en forma privada. Si el resultado fuera positivo, reconoceríamos la filiación. Si fuera negativo, aceptaríamos en forma anticipada que no se le otorgara al dictamen del doctor Zimbrein ningún valor probatorio. Solo procuramos que el dictamen se obtenga rápido, en forma confiable para nuestra parte. La señora Artigas no tiene por qué oponerse; esta prueba no le causaría perjuicio alguno. Si el dictamen la favoreciera, ahorrará tiempo y esfuerzo. En cambio, si desvirtuara la paternidad, aceptaríamos que no tuviera valor. ¿Qué más podría pedir la parte accionante?

Allegri dijo:

—No sé, no entiendo por qué tanta ansiedad por hacer una pericia particular, temo que estén ocultando algo.

—No, doctor —dijo Rocío—, lo que sucede es que estamos casi convencidos de que el chiquito es hijo del doctor Burán. Pensamos que la defraudación existió casi seguro, pero queremos sacarnos la duda. Si el niño no fuera de mi cliente, es evidente que el planteo sería distinto, ¿está claro?

Allegri intercambió unas pocas palabras con Juanita, que seguía representando el papel de víctima. Luego expresó:

—Está bien, aceptado. Cuando quieran les daremos el material genético.

Rocío aclaró:

—Nuestro perito vendrá a Mar del Plata dentro de tres días para recogerlo: queremos que él mismo certifique su origen.

—Bueno —opinó la doctora Bisson—, me parece que hemos avanzado bastante. Voy a dar por terminada la audiencia, creo que no tiene sentido continuarla. Las posiciones de las partes están claras, lo fundamental es que el interés del menor se encuentra resguardado. Confeccionaremos el acta enseguida. Les ruego que esperen afuera, en treinta minutos los llamaré para que la suscriban. Disculpen la demora, quiero redactarla en forma personal. Hasta luego.

Rocío y Roberto se encontraron en el vestíbulo del hotel. Vestían ropa informal, estaban distendidos y alegres. Fueron a cenar a una pizzería que él siempre frecuentaba. Algo sucedía entre ellos, pero ninguno de los dos se atrevía a dar el primer paso.

—¡Qué gusto verte, Rocío! Me hace feliz, se nota, ¿no?

—No sé, no exageres…

—No exagero, ¿qué tengo que hacer para que me creas?, ¿jurar por Dios?

—¡No! ¡Por favor! Si no creés en nada, la verdad.

—Sé que no te gustan los agnósticos, soy así, no creo en los peces de colores.

—Respeto tu libertad de pensamiento, pero te ponés demasiado loco con la Iglesia… Es una institución de hombres, ¿qué esperabas?

—Que no actúen como si fueran dioses infalibles, afirmando que su doctrina es cierta, como si la tuvieran atada…

—No sé, Roberto, lo religioso sobrevive y hasta crece, como los evangelistas o los musulmanes…

—No me gusta que lapiden a las mujeres, es un pequeño detalle…

—Sos ateo, decilo claro, dale.

—Un Dios que me condenara por no tener fe sería detestable; no podría adorarlo. Por eso prefiero adorar a las mujeres hermosas como vos…

—¡Qué lisonjero! Todo bien, no me molesta…

—¿Seguro? ¿Sigo?

—Seguí, nomás.

—Gracias, Rocío, ¿pongo las cartas sobre la mesa? ¿Te animás?

Ella contestó vacilante:

—Me animo, creo…

—Decime, Rocío, ¿qué nos está pasando? Porque algo nos pasa, ¿no?

Ella bajó su mirada y sonrojándose, dijo:

—No sé, no me atrevo a decir nada.

Roberto prosiguió:

—Seamos sinceros, ¿qué podemos perder?

—No te apures, Roberto, me puedo lastimar…

—¿Me detengo entonces? ¿Eso querés?

—No, seguí… Me aturdo fácil. No estoy preparada para esto, pero no quiero engañarte. Estoy dispuesta a dejarme llevar por mis sentimientos, por no permitírmelo soy un témpano.

—Sos un volcán, aletargado.

—No te burles, viví equivocada. Hace años, esta conversación no habría existido, mis puertas estaban cerradas. Quise imitar a mi padre, dejé en el camino muchas cosas, ponele la firma. Cuando pude disfrutar un afecto sincero, lo arruiné. La fortuna de vibrar o de sentir profundo es algo excepcional en la vida, es trágico desaprovecharlo. Yo preferí «cuidarme», tengo una coraza: ahora es parte de mi piel. No te imaginás, Roberto, cómo me arrepiento; me dan ganas de llorar… No dejes que me retraiga…

—No quiero lastimarte, ni ocultarte nada…

—No te preocupes, Roberto. Sé que estás enamorado de Alicia, no pienses que soy ciega.

—¿Por qué estás tan segura?

—Me parece, no creo equivocarme…

—Y por vos Rocío, ¿qué suponés que siento?

—Afecto, amistad, algo de atracción, no sé… ¿Por qué no me lo decís? ¿No estamos sincerándonos?

—Tenés razón, Rocío, no sé bien qué siento, pero es lindo. Al principio no pensaba demasiado en vos, pero después invadiste mis sueños. No solo eso; antes de dormirme, tenía como necesidad de recordarte, te imaginaba, te veía hablando conmigo, abrazándome… ¿Pero sabés qué es lo más extraño?

—Decímelo, Roberto.

—No tenía ensoñaciones sexuales con vos, es lo que más me sorprendió. En mis sueños disfrutaba tu compañía, tu presencia. Estar ahora a tu lado me llena el pecho de emociones…

Rocío sonrió triste, diciendo:

—Te atraigo tanto como una tabla de planchar, es reconfortante saber que una es sensual.

—No es cierto, me atraés mucho, si no fuera así, no estaría tan bien con vos, tan motivado. Estoy todavía como en guardia, temeroso; soy tímido, bueno, lo soy bastante con vos porque te quiero mucho y sos importante para mí.

—Disimulás bien tu timidez —dijo Rocío.

—Te juro que digo la verdad —aseguró él.

—¿Por quién lo jurás, por Dios?

—¿Te parece que miento, Rocío?

—No. No tenés necesidad. Lo que me decís me complace y me asusta: tengo miedo de perder el equilibrio. En este sentido soy como una quinceañera. Me siento sin ninguna experiencia, la que tenía la he olvidado…

—¿A qué llamás perder el equilibrio? ¿A enamorarte?

—Sí. Y a sufrir… Por culpa de mis temores dejé de vivir. No sé qué hacer.

—Rocío, no voy a presionarte, aunque tengo ganas de hacerlo.

—Yo también de que lo hagas, aunque después sufra, valdrá la pena. No puedo dejar de vivir por pánico, necesito calor en el alma, nada puede ser perfecto.

—Tu mano está tibia, Rocío, es hermoso el contacto con vos, lo deseaba.

Sus manos se estrecharon con ternura, fue una aproximación cargada de sensualidad. Rocío no imaginó que tendrían una intimidad tan rápida, pero allí estaba, acariciándolo sin turbación alguna.

—No soy una niña, Roberto, ni tu víctima, disfrutemos, ¿qué importa el destino? La felicidad está en los remansos del río, ¿sabés qué estoy haciendo ahora?

—Decímelo —dijo él, acariciándola con su mirada.

—Estoy deteniéndome en un recodo del sendero sin importarme dónde o cómo termina; dispuesta a disfrutar del amor como lo haría al escuchar el canto de los pájaros o el sonido de la lluvia. Cuando los trinos cesen, cuando todo se haga silencio, estaré poblada de recuerdos. Eso es mucho mejor que tener congelada el alma; me convertí en una mujer de hielo porque no quise sufrir, no quise rebajarme a ser humana. Te dije que estaba en evolución… Vos me ayudaste; también Alicia… Ojalá pudiera ser más parecida a ella.

—Quiero besar tus labios, Rocío.

Se besaron con suavidad trémula… Minutos después, ingresaban al departamento de Roberto sin intercambiar palabra. Urgidos de intimidad, levantaron sus últimas barreras. Rocío sentía vergüenza, apenas lo conocía, pero se dejó llevar por sus impulsos.

Roberto estaba feliz… «La vida me está premiando», pensó, «esta adorable mujer será mía… Está nerviosa, no debo incomodarla».

La tomó delicado entre sus brazos, besó su frente, sus mejillas, sus labios. Recostados en su cama, Roberto la apretó contra su cuerpo, el corazón de Rocío latía desbocado. Disfrutó la música de sus latidos; su creciente distensión, entre suspiros y dulces palabras, mientras Rocío cada vez era más protagonista. Las manos de Roberto descendieron hasta su cintura, más abajo, acariciaron su espalda, su cuello, sus pechos. Con lentitud, los botones de su camisa fueron desabrochados uno por uno, para Roberto fue una emocionante aventura deshojarla. Rocío ya no era pudorosa, su instinto y una femineidad salvaje se habían posesionado de ella. Se abandonó a esas fuerzas, se sintió desconocida, por fin mujer. La búsqueda había terminado.

«¡Puedo sentir, puedo vibrar!», pensó Rocío, «por fin… Nunca me arrepentiré».

«Es bueno verla desnuda», se dijo él, «tocarla, abrazarla; es como la imaginé».

Aspiró entre sus dorados cabellos, emanaba de ellos un delicioso aroma a jazmín, también su piel tenía una exquisita fragancia, indescifrable. Se adueñaría de su cuerpo, era muy afortunado. «Como para creer en Dios», pensó… Al ingresar en ella, sintió como si estuviera incursionando en un mundo excitante; le fascinó acceder a las intimidades de Rocío, paladear su entrega. Ella actuó libre, desprejuiciada, liberando sus fuerzas; se brindó generosa, afiebrada, sin resistencia alguna.

El amanecer los encontró felices y abrazados, unidos sin necesidad de puentes; lo vivido les pertenecía. La dicha experimentada, el placer compartido y eso que bien se podía llamar amor los había ligado para siempre. Por lo menos, así sería en el recuerdo. No era poco…

MAR DEL PLATA, SÁBADO 25 DE FEBRERO DE 2012

Alicia Sandrelli y Fernando Ridenti llegaron a la confitería Rimini a las 21 horas; veinte minutos más tarde se encontrarían con Estela Cáceres, la secretaria de Esteban Álvez. Tenían que dar un definitorio giro de timón, probar el fraude y sacarle la tenencia a Juana.

Se dieron un beso y se sentaron; simpatizaban. Fernando la consideraba una víctima. Lamentó que su vínculo con Roberto hubiera tenido un final tan sórdido.

Alicia resplandecía con una belleza sencilla pero irresistible, llevaba una blusa celeste y un vaquero azul. Era blanco de todas las miradas masculinas. Fernando inició la conversación:

—Veo que estás bien Alicia, me alegro… No tenemos tiempo, ¿qué sabés de esta mujer?

—Muy poco, Fernando, la conocí en el consultorio de Álvez. Al principio era antipática, pero cuando supo que no era una competidora me trató bien. La vi por última vez cuando volví del lago Aluminé, fui al consultorio de Álvez a reputearlo y a decirle que lo denunciaría ante la justicia penal. Golpeé la puerta gritando como loca, me atendió Estela Cáceres, trató de calmarme afectuosamente, me dijo que su patrón estaba fuera de la ciudad. Me hizo pasar y me preparó un té. Le conté todo lo que había pasado, que había inseminado a Juanita Artigas. Estela la odia, dijo que ellos eran cómplices y perversos.

Ridenti se interesó:

—¿Fue amante de Álvez?

Alicia asintió inclinando su cabeza.

—Estaba enamorada de él, tuvieron relaciones muchas veces, sobre la camilla del consultorio y sin preparación alguna, la trataba como a una prostituta, después no le hablaba durante días. Se sentía esclavizada. Me comentó que necesitaba el empleo y que por eso no había renunciado. Eso decía, pero a lo mejor seguía obsesionada con él.

—Decime, Alicia, ¿vos la seguiste frecuentando?

—Sí, quería averiguar cosas para ayudarlo a Roberto, me sentía culpable. No puedo dormir, ni olvidar lo que le hice, lo extraño, lo quiero. ¡Me siento mal!

Los ojos de Alicia se humedecieron, Fernando se conmovió, era tan sensible para los afectos como frío para los negocios, una de las tantas facetas de su compleja personalidad. Dando unas palmadas en el hombro de la muchacha, dijo:

—Calmate, Alicia, ¿qué sabe esta mujer?

—Dónde está la llave de la caja fuerte de Álvez, en el cajón de un escritorio. Allí guarda sus documentos privados. Estela la encontró una vez de casualidad mientras buscaba una tarjeta.

Fernando Ridenti se acarició el mentón y dijo:

—¿En la caja hay algo que nos pueda servir?

—A lo mejor sí, Fernando; Álvez me hizo escribir una carta para garantizar mi silencio confesando que Mabel estaba embarazada y que le rogué que le hiciera un aborto. Del texto se deduce que él se había negado con anterioridad a hacerlo; como si fuera el bueno de la película. Yo muestro toda la ropa sucia…

Fernando se volvió a quedar pensativo y luego afirmó:

—No es suficiente para demostrar la defraudación, ¿que pretendía Álvez con esa carta?

—Si se la mostraba a papá, le provocaría un infarto; su salud era precaria.

—Lamento su muerte…

—Mientras vivió no pude hablar.

—¿Algo más de esta mujer, Alicia?

—Sí, dijo que se había enterado de otra cosa importante, pero no me aclaró de que se trataba… ¡Ojo!, allí viene…

Fernando se levantó rápido para saludar a Estela Cáceres.

—Mucho gusto, señorita; soy Fernando Ridenti. ¿Qué desea tomar?

—Un café, por favor, me llamo Estela.

Luego de ordenar tres cafés, Fernando prosiguió:

—Estela, Roberto Burán está en problemas. Lo que hablemos será confidencial, se lo prometo, usted es nuestra única esperanza.

Estela Cáceres bajó su mirada, su boca se curvaba de manera apenas perceptible.

—Alicia me contó, algo ya sabía… —dijo—. Tengo mucho miedo, Álvez está histérico, ayer casi me golpea. Si se llega a enterar de esto me mata.

Fernando fue categórico:

—Tiene que desenmascararlo, solo así estará segura.

El rostro de Estela Cáceres se ensombreció al decir:

—Esa mujer es siniestra, lo tiene embrujado, siempre se burló de mí...

Fernando insistió:

—Cuando la Artigas tenga el dinero de Burán, vivirá con Álvez y arruinará la vida del chico, ¿usted lo permitirá?

—No es mi culpa —contestó defendiéndose Estela Cáceres—, no me pida cosas imposibles. Acepté venir porque Alicia me lo rogó, pero no me arriesgaré a declarar; no quiero ser una víctima.

—¿Por qué lo sería? —cuestionó Fernando.

—Como mínimo me quedaría sin trabajo o algo mucho peor. Esteban se tomaría revancha de alguna manera, lo conozco.

—Pero, Estela —dijo Alicia—, ¿cómo seguís trabajando con él?

—Mi mamá está enferma, necesito el trabajo, no pude conseguir otro, debo seguir trabajando con Esteban.

Fernando Ridenti comenzó a negociar, diciendo:

—Si la ayudamos, ¿colaboraría con nosotros, Estela? No intento sobornarla, solo compensarla para que pueda renunciar a su empleo. Nosotros lo apreciaríamos mucho, si lográramos sacarle el niño a Juana, no tendría más apuros de dinero, se lo prometo.

Estela vaciló. No podía creer que le estuvieran ofreciendo una vida sin privaciones. Comenzó a temblar como si estuviera aterida. Finalmente pudo decir:

—Sabe Dios que no puedo rechazar una oferta así, pero, ¿cómo puedo saber si le sacarán al chico? ¿Y si no lo lograran? ¿Qué pasaría mientras tanto? A mamá no le puedo decir que espere para comer, ni al dueño del departamento cuando me reclame el alquiler. No puedo arriesgarlo todo, lo siento.

—No se apresure, Estela, ¿cuántos dólares gana por mes?

—Más o menos cuatrocientos —dijo Cáceres—. Apenas me alcanza.

—Le ofrezco treinta mil.

Estela Cáceres enmudeció: casi siete años de trabajo. Fernando habría regateado en otras circunstancias, aunque fuera por simple placer, pero en esta ocasión no se podía permitir fallar, lo que estaba en juego no tenía precio.

Estela balbuceó:

—¿Esa cantidad?, ¿y después más?

—Mire, Estela, necesitamos su ayuda y la compensaremos bien. Si le sacamos la tenencia a Juana, habrá otros treinta. Comprometo mi honor en ello, Roberto Burán también lo hará. Ambos somos ricos, cumpliremos nuestra palabra, seremos sus aliados incondicionales, jamás le faltará trabajo, pero tiene que darnos algo valioso.

A esta altura de la reunión, Estela Cáceres estaba eufórica; podría huir del infierno y mejorar su vida.

«Siete años de sueldos por hacer algo bueno», pensó. «Esa perra merece la cárcel, no se burlará más de mí. Esteban siempre me despreció, no soy nada para él, lo mejor que me puede pasar es no verlo más. Debo pensar en mí y en mamá».

Fernando acotó firme:

—Espero su respuesta, Estela.

La secretaria de Álvez apoyó su mano derecha sobre la izquierda de Alicia. Tartamudeando, dijo:

—Yo… aceptaría Fernando, ¿pero… cómo sé que… cumplirá lo que me promete?

—No tengas dudas —intervino Alicia—. Te juro que Fernando y Roberto son hombres de bien. Ayúdanos, te lo ruego, seré tu amiga incondicional.

Fernando fue al grano.

—Alicia me habló de una carta que escribió, ¿qué sabe de eso?

—Nada, lo que sé me lo contó Alicia, nunca antes había escuchado lo de la carta. Fue poco lo que oí, Álvez guarda su documentación en una caja fuerte, tras un viejo cuadro. Yo sé dónde está la llave y tengo un duplicado.

—¿Cómo lo sacó? —preguntó Fernando.

—Hace unos días Esteban viajó a Cariló, aproveché para sacar una copia. Alicia ya había hablado conmigo y pensé que podría ser útil.

—¿Abriste la caja? —interrogó Alicia.

—No me animé, pero si tiene algo tuyo debe estar ahí. Te lo digo porque cada vez que le dan un papel de importancia, lo esconde rápido en ese lugar.

Fernando manifestó:

—Con eso no alcanza. Necesitamos más, algo que se refiera a la defraudación. Piense, ¿qué más sabe?

—Creo que sé dónde guarda el semen de Burán.

Tanto Alicia como Fernando acusaron el impacto; con esa prueba, la situación se podía revertir.

—¿Dónde? —demandó ansioso Ridenti.

—En un departamento que alquila. Le dijo por teléfono a Juana que nadie sabía de ese inmueble. Agregó algo que en ese momento no entendí, dijo que «estaban bien fríos y seguros». Podrían ser los espermatozoides.

—¿Sabés dónde queda el departamento? —preguntó Alicia.

—Sí, gracias a una facturación de expensas comunes, vi una en el consultorio. ¿Les puede servir?

Fernando contestó rápido con entusiasmo:

—Desde luego, Estela, si nos apoderamos del semen habrá tres mil dólares más, no importa si nos sirve o no. ¿Está dispuesta a declarar? Su testimonio será vital.

—¿No sería suficiente con los datos? Le tengo terror a Esteban.

Alicia intervino:

—Él igual sospecharía de vos, se va a dar cuenta de todo. Mejor que pongas la cara.

Fernando Ridenti agregó:

—Solo le pedimos que diga la verdad, salvo que la ayudamos, eso no, porque sería una estupidez. Descalificaría su testimonio y perdería mucho dinero… ¿Está dispuesta?

—Tengo mucho miedo, no sé qué hacer…

Fernando suspiró, pero no aflojó la presión.

—Con treinta mil dólares tendrá una nueva vida, Estela, treinta mil más si le sacamos al chico y otros tres mil si conseguimos la esperma. Piense en el chico, lo va a poder salvar.

Estela bajó los brazos, como si estuviera derrotada y manifestó:

—Que sea lo que Dios quiera, ¿qué debo hacer?

Fernando explicó:

—El lunes a la mañana, la espero en el estudio del doctor Adolfo Bernard. Es de absoluta confianza, esta es su dirección. Allí redactaremos la denuncia penal, solicitando una orden de allanamiento del consultorio de Álvez y de su departamento, usted deberá suscribirla. En ese mismo momento le entregaré treinta mil dólares, ¿le parece bien?

—Sí —respondió Estela.

—Perfecto —siguió Fernando—, tome este pequeño anticipo para que mañana le prepare un almuerzo especial a su madre. No tome alcohol ni comente esto con nadie; cualquier filtración nos arruinaría el plan. Está en juego su futuro. No se arrepentirá nunca de habernos ayudado.

Estela Cáceres se retiró rápido observando temerosa a su alrededor; se tranquilizó al comprobar que de las escasas personas que había en la confitería, ninguna le resultaba conocida.

Fernando y Alicia estaban esperanzados. Antes de despedirse de ella, él le manifestó:

—Roberto se va a alegrar mucho porque lo estás ayudando.

—Le arruiné la vida, es lo menos que puedo hacer.

Fernando inquirió:

—¿Estás dispuesta a confesar toda la verdad? ¿No sentirás vergüenza?

—Me tiene sin cuidado lo que piensen los demás, solo me preocupa lo que pienso yo. Ya no soporto el sentimiento de culpa, tengo que hacer algo rápido para no enfermarme. Mabel también declarará todo. Por curiosidad, Fernando… ¿Roberto está saliendo con alguien?

Fernando sabía que con Rocío algo estaba pasando. Juzgó prudente no decir nada, no tenía sentido herir a Alicia. Por otra parte, conocía la psicología femenina y no deseaba arriesgarse a que ella cambiara de opinión. Lo más conveniente era que sus sentimientos hacia Roberto permanecieran estables. Le contestó:

—No, no sale con nadie, está muy solo, ya tendrán oportunidad de reencontrarse. Hay que esperar circunstancias más propicias, yo sé que él te quiere…

Alicia abrió la puerta del auto de Fernando y desde la calle, dijo:

—Aunque no me quiera, deseo lo mejor para él, no me dores la píldora.

Se inclinó y besó la mejilla de Fernando.

—Chau —dijo Alicia saludándolo con su mano derecha.

—Chau —respondió él.

MAR DEL PLATA, LUNES 27 DE FEBRERO DE 2012

Adolfo Bernard estaba en su estudio, su pie derecho subía y bajaba golpeando el piso con ritmo veloz, mientras con la mano izquierda se mesaba los gruesos bigotes. Tenía a su cargo la decisiva tarea de redactar la denuncia por defraudación contra Juana Artigas y su cómplice Álvez. A las nueve de la mañana, ingresaron Alicia Sandrelli, Fernando Ridenti y Federico Lizter.

Adolfo los saludó:

—Hola, chicos, ya tengo la denuncia, creo que está todo.

—¿Quedaste conforme? —preguntó Federico.

—Sí, parece una telenovela, el fiscal se sorprenderá.

—Seguro —dijo Fernando—. ¿Llegó Estela Cáceres?

Adolfo Bernard contestó:

—Está por llegar. ¿Y vos?, ¿cómo estás, Alicia?

—Tratando de enmendar mis errores, pensarán que soy despreciable.

Adolfo contestó:

—No cambié de opinión respecto de vos.

—¿Ya era mala desde el principio? —replicó ella.

Fernando intervino antes de que Adolfo contestara:

—Abandonemos el masoquismo, ¿sí?

—Tenés razón —contestó la muchacha—, pero siento mucha vergüenza, después de lo que pasó. Prometo callarme…

Federico exclamó sonriendo:

—Bien, ¡argentinos a las cosas! Leamos la presentación.

A los veinte minutos, llegó Estela Cáceres; en su rostro se reflejaba la terrible tensión que había sufrido en las últimas horas. Estaba pálida, arrugada, con grandes y oscuras ojeras, no había podido dormir. Todos trataron de calmarla, le ofrecieron asiento y le explicaron las particularidades del trámite. Habían decidido que, como denunciante, actuara solo Roberto Burán; Estela y Alicia serían nada más que testigos, también lo sería su primo Guillermo. La idea era hacerle firmar a Estela Cáceres una declaración completa para que después no se desdijera si Álvez la intimidaba.

La secretaria de Álvez tomó temblorosa el papel que debía suscribir y lo leyó. Balbuceante, dijo:

—Está… bien. Esto… es… verdad.

Y estampó su rúbrica. Todos se miraron aliviados: estaba dado el paso fundamental.

Ella miró con ojos de ansiedad a Fernando, diciéndole:

—Doctor Ridenti, tengo los datos del departamento; saqué una fotocopia del certificado de expensas comunes, pero antes, usted sabe, no es que desconfíe, pero…

Fernando extrajo de su bolsillo un rollo de dólares. Se los entregó a la asustada mujer diciendo:

—Cuéntelos, Estela, por si acaso, aunque yo ya comprobé el importe. Son treinta mil dólares, ¿está conforme? Habrá otro tanto si Burán consigue la tenencia.

Estela Cáceres respondió:

—Sí, gracias. —Miró ansiosa el dinero y lo apretó entre sus manos, como si temiera ser víctima de un robo—. Doctor Ridenti, si se encontraran los espermatozoides, recuerda lo que me prometió, ¿no?

Fernando acotó:

—Por supuesto, tres mil más. Los tendrá…

Adolfo no pudo evitar inmiscuirse. Poniendo cara de pocos amigos, dijo:

—Mire, Estela, lo único que le pedimos es que diga toda la verdad, que colabore con nosotros como lo acordamos. Como amigos somos muy leales, si no nos traiciona, lo seguiremos siendo siempre. Si nos defraudara, seríamos enemigos peligrosos, esto queda claro, ¿no?

Estela Cáceres comenzó a tembleqear, los dientes le castañeteaban, los ojos se le llenaron de lágrimas, con voz entrecortada, susurrante, dijo:

—No… los voy… a… trai… cionar. Lo… juro.

Fernando creyó necesario atemperar el clima.

—No se inquiete Estela, no debe temernos, usted tendrá su premio. Comprenda, estamos defendiendo a un hombre inocente y tratando de salvar a un niño. Nuestra causa es justa, no lo olvide. La acompañaré a su casa. Hoy no vaya a trabajar, Álvez se daría cuenta de que le sucede algo extraño, no lo podrá disimular…

—Y… ¿qué le voy… a decir? —preguntó Estela.

Adolfo le contestó:

—Que está enferma, solo eso. Despreocúpese, Álvez ya no podrá mandarla más. Usted renunciará apenas realicemos el allanamiento de su domicilio. Mientras tanto, cierre la boca, él no debe sospechar nada. Acuérdese de que tiene treinta y tres mil dólares más a cobrar, no haga nada que signifique perderlos. Si él la llama, que conteste su mamá. Que diga que le duele la garganta, que está afónica, cualquier pretexto. No converse con él, no queremos arriesgarnos a que advierta algo raro, ¿comprendido?

La secretaria de Álvez seguía trémula, Adolfo Bernard la había aterrorizado para que no se arrepintiera, el ginecólogo tenía mucha influencia sobre ella y no descartaba la posibilidad de que también le ofreciera dinero. Estela Cáceres era la pieza fundamental de su estrategia, no podían darse el lujo de perderla. Adolfo, antes de que ella se fuera, insistió:

—Perdone, Estela, quiero remarcar algo: ¿quedó claro que no debe hablar con Álvez?

—Sí, doctor —musitó Estela.

—Bien —agregó Adolfo—, que no se le olvide, estaremos vigilándola. Para su protección personal. Hemos contratado a un investigador privado que hará guardia en su departamento. Nadie podrá entrar, a menos que usted lo acepte. No cometa la imprudencia de abrirle la puerta a Álvez o a cualquier enviado de él, ¿entendido?

—Sí, sí —contestó la angustiada secretaria.

Fernando salió con la mujer para llevarla a su casa. Federico Lizter y Adolfo Bernard presentarían la denuncia en la Fiscalía. Pensaban entregársela en mano al mismo fiscal, para que no se pudiera filtrar ningún comentario sobre la denuncia. Álvez era muy conocido, alguien vinculado a los empleados se podría enterar de lo que estaba pasando y advertir al ginecólogo. Esa información se podía vender a buen precio; cualquier error implicaba el riesgo de fracasar. Si Álvez se enteraba haría desaparecer todos los indicios.

A las 10:30, Federico, Adolfo y Roberto se presentaron en la fiscalía del doctor Raúl Santini, funcionario con atribuciones para la investigación de los delitos penales. Fueron atendidos de inmediato y conducidos al despacho del fiscal, amoblado con sencillez, pero confortable.

Santini era un hombre joven, de unos cuarenta años de edad; a los veinte ya era empleado en una secretaría penal. Había acumulado una gran experiencia, ejerciendo su cargo con humildad, pero también con energía. Delgado, sin ser escuálido, fibroso, nervioso, ágil y fuerte; un buen deportista. Su personalidad era dominante, sus convicciones firmes, reservado, cumplía su función sin estridencias. Su descolorido semblante lo envejecía, era calvo, con sus sienes oscuras salpicadas de canas.

Los recibió amable. El primero en hablar fue Federico Lizter.

—Doctor Santini, no trae una cuestión gravísima. El doctor Burán es denunciante y particular damnificado, su presentación le revelará los detalles. Pedimos medidas y explicamos por qué tenemos urgencia, una demora podría arruinar la investigación, además, es imprescindible que no haya filtraciones, si se entera la otra parte, todo habrá sido en vano.

Santini clavó su mirada en Federico y acotó:

—Doctor Lizter, comprendo, pero hace muchos años que ejerzo esta función; sé cómo debo actuar. No me ofende su desconfianza, pero le rogaría que se limite a formular las peticiones pertinentes. Ahora voy a leer con cuidado la denuncia, los espero dentro de una hora. No se anuncien, golpeen directo a mi puerta, los haré pasar. Buenos días…

A las 11:40, estaban de nuevo frente al funcionario, que, con gesto adusto, dijo:

—He leído todo: algo atípico. Considero que su presencia es un signo de seriedad, las imputaciones son graves.

—Todo lo que digo es verdad, doctor Santini —afirmó Burán—, puede estar seguro; jamás habría mentido en una situación así.

El fiscal continuó:

—He visto casos increíbles, el suyo es uno de los más sorprendentes. La urgencia del pedido está justificada y son extremas las medidas que solicita. Antes de allanar los domicilios del doctor Álvez y de la señora Artigas, tengo que medir los riesgos, me gustaría escucharlo, doctor Burán. Quisiera que me contestase algunas preguntas…

—Las que quiera.

El funcionario prosiguió:

—Bien, doctor, ¿qué relación tiene ahora con la señorita Alicia Sandrelli?

—Ninguna.

El fiscal siguió indagando:

—¿Ella confesaría que se apoderó de su semen?

Roberto levanto sus cejas con un pequeño gesto de duda. Luego respondió:

—No creo que se vuelva atrás. Actuó bajo presión de Álvez, no fue libre, no sabía cómo se utilizaría mi esperma.

Federico Lizter intervino:

—Doctor Santini, no habríamos inventado jamás un relato semejante, es evidente que hay un trasfondo de verdad. Imagino que ya lo advirtió. Reconocemos que es grave allanar un domicilio, pero lo es más que se defraude a un inocente, que se utilice a una criatura para ganar dinero. El doctor Burán, como particular damnificado, tiene derecho a pedir los allanamientos. Son diligencias útiles para comprobar el delito y descubrir a los culpables. Es función de la fiscalía constatar la existencia del hecho punible, identificar a los responsables. El doctor Burán se hace responsable de sus acusaciones; si es necesario ofrecerá una caución real. Garantizaremos la solvencia necesaria para asegurar que, si hay perjuicios de los denunciados; puedan ser resarcidos.

—Sé cuál es mi función, doctor Lizter y qué garantías pedir. Mis preguntas van enderezadas a obtener más información respecto de los hechos. Quiero saber por qué la señorita Alicia Sandrelli recién ahora confiesa su culpabilidad.

Adolfo intervino:

—Está avergonzada y quiere enmendar sus errores.

Santini insistió:

—¿Están seguros de que encontrarán algo en los domicilios que pretenden allanar?

—No, doctor, pero estamos obligados a intentarlo… Cuanto antes.

—No se impaciente, Lizter, es muy apresurado.

—Discúlpeme, doctor Santini, el doctor Burán es un íntimo amigo. Sé que su versión es verídica y me inquieta la posibilidad de que desaparezcan las pruebas. No queremos causar un perjuicio innecesario, solo pedimos que se retenga la documentación relacionada con el ilícito denunciado.

El doctor Santini manifestó:

—Escúchenme, doctores, son las doce y veinte, ¿creen que para las trece pueden estar aquí las señoritas Cáceres y Sandrelli?

Adolfo dijo:

—Las traeremos.

—Está bien, háganlo, los esperaré. Quiero contar con su testimonio, luego resolveré. He puesto en conocimiento del tema al juez de garantías por si es necesario autorizar un allanamiento de domicilio.

A la hora indicada, Estela Cáceres y Alicia se presentaron ante la fiscalía. El mismo Santini les tomó la declaración sin que ningún empleado se enterara. Su exposición fue ratificatoria de la denuncia; el fiscal se tomó veinte minutos para resolver, luego llamó a los tres abogados amigos y les dijo:

—Doctores, tomé una decisión. Considero que hay suficientes indicios como para ordenar el allanamiento de los tres domicilios indicados, el juez de garantías lo ha autorizado. Tal vez puedan hallarse objetos útiles para el descubrimiento y comprobación de la verdad. Me he comunicado por teléfono con la Comisaría Primera, di instrucciones al comisario para que ponga a mi disposición personal idóneo. Mi secretario, el doctor Guerrino, estará presente en la diligencia que se realizará en la casa de la señora Artigas. Mientras tanto, iré al consultorio del doctor Álvez. Estas dos diligencias se realizarán en forma simultánea para evitar que los imputados puedan eliminar pruebas. Mientras tanto, personal policial se asegurará de que nadie entre al departamento alquilado por el doctor Álvez. Lo allanaremos en último término. Solo se retendrá documentación que guarde estricta relación con el delito denunciado. El registro se hará en presencia de los interesados, o de la persona que haga sus veces. Si no estuvieran presentes los denunciados o sus representantes, la diligencia se cumplirá ante dos testigos. La policía ignora qué domicilios serán allanados. Recién en el momento de hacer efectiva mi orden, tendrán conocimiento. Sugiero que nos encontremos en la Fiscalía a las cinco de la tarde. Los policías que colaborarán para que se realicen las medidas estarán aquí a esa hora. Pueden leer ahora la resolución, el expediente quedará en mi despacho, ¿alguna pregunta?

Luego de un prolongado silencio, Roberto habló:

—No, doctor, simplemente agradecerle su diligencia, su responsabilidad.

—Cumplí con mi obligación, nada más. Debo retirarme, los dejo en compañía de mi secretario, el doctor Carlos Guerrino. Hasta luego, doctores.

A las 16 horas, el fiscal Santini, en compañía de Adolfo Bernard, Federico Lizter y de un agente policial, concurrieron al consultorio del doctor Esteban Álvez, que les abrió la puerta en persona, porque Estela Cáceres había faltado a su trabajo. El ginecólogo comprendió de inmediato que la visita no era amigable. Un escalofrío le corrió por la columna vertebral, aunque dueño de un ensayado autocontrol, adoptó una conducta tranquila y preguntó:

—Señores, ¿en qué los puedo ayudar?

El funcionario se adelantó:

—Buenas tardes, ¿usted es Esteban Álvez?

—Sí… ¿Y usted?

—Soy el fiscal Raúl Santini… Aquí está mi identificación. Esta es la orden del juez de garantías para el registro de su domicilio. El doctor Roberto Burán lo ha denunciado, afirmando que usó su esperma con fraude para fecundar a la señora Artigas. Si se niega a colaborar, pediré la concurrencia de dos vecinos para que oficien de testigos. Espero su respuesta...

Álvez pensó que, si se oponía, algunos vecinos prestarían su colaboración. Muchos lo odiaban, otros lo envidiaban, los últimos eran los más peligrosos. Manifestó:

—No obstaculizaré la diligencia, proceda, señor fiscal, pero esa historia de Burán es una fantasía... Es un mitómano.

—Bien —dijo Santini—, acompáñenme, por favor.

Fueron directo al ordenado escritorio del médico. El fiscal preguntó:

—Sus papeles privados, ¿dónde los guarda?

Esteban Álvez miró con desconfianza y dijo:

—Señor fiscal, ¿estoy obligado a contestarle? ¿No tengo derecho a guardar silencio?

Santini respondió:

—No está obligado a decirme nada, pero no puede evitar que cumpla la orden judicial.

Álvez dudó un instante, pero enseguida dijo:

—Colaboraré con ustedes. La caja de seguridad está detrás de ese cuadro, allí guardo algunos instrumentos de carácter reservado. Pido que no se toquen, se podría afectar el buen nombre de algunos pacientes. Tengo el deber del secreto profesional.

El policía corrió el cuadro y apareció tras él una puerta de metal que estaba embutida en la pared. Era una caja de cincuenta centímetros de alto por treinta de ancho, cuya cerradura solo podía ser abierta con una llave especial. El magistrado se la pidió a Álvez, que le contestó:

—¿La llave? No recuerdo dónde la guardé…

Santini habló con voz categórica:

—Si no aparece en cinco minutos, llamaré a un cerrajero, ¿por qué no hacemos todo más sencillo?

El médico respondió con voz quebrada:

—Señor fiscal, quisiera llamar a mi abogado. Proceden como si fueran de la Inquisición…

El magistrado aceptó:

—Llámelo si quiere, doctor Álvez, pero mientras tanto proceda a la apertura de la caja… Ya, en este mismo momento…

Gruesas gotas de sudor surcaban el rostro del ginecólogo y humedecían su cuello. Su incomodidad era indisimulable. Llamó al abogado Juan Gushman, hábil penalista de su confianza, que ya lo había sacado de varias situaciones de apuro. El abogado no estaba en su estudio, así que le dejó un mensaje para que se comunicara de inmediato. Mientras tanto, Federico Lizter susurró en el oído de Santini que se fijara en la parte de atrás del cajón del escritorio. Allí se encontraba la llave tan ansiada. Adolfo no tuvo necesidad de exhibir la copia clandestina que sacara Estela Cáceres. Un policía abrió la caja, había pocos papeles. Santini los leyó rápido. Ninguno de esos elementos tenía relación con la fecundación fraudulenta. Revisaron cada uno de los ambientes de la casa, sus recovecos, los lugares más inaccesibles, pero no encontraron nada. Mientras buscaban, Federico llamó por teléfono a Estela Cáceres y le preguntó:

—Estela, habla Federico Lizter, estoy en lo de Álvez. En la caja no encontramos ningún papel comprometedor, ¿dónde podrían estar?

Un silencio prolongado en la línea. Finalmente respondió:

—Revise bien su dormitorio, casi siempre está cerrado, aunque no creo...

Federico concluyó el diálogo:

—Está bien Estela, si necesito algo más la llamaré.

Luego de dos horas de intensa búsqueda, tuvieron que aceptar que no había ningún elemento que incriminara al médico. Un teléfono sonó en ese instante, era el secretario de la fiscalía. Santini intercambió algunas palabras con él, luego le comentó a Federico y a Adolfo:

—El doctor Guerrino me acaba de informar del resultado del allanamiento en la casa de Juana Artigas.

—¿Sí?, ¿qué pasó? —se apresuró a preguntar Adolfo.

Santini informó:

—Negativo. Ninguna prueba que tenga relación con los hechos denunciados.

El rostro de Álvez traslucía un recuperado aplomo. La presencia tan intempestiva de esos hombres lo había perturbado, ahora todo estaba volviendo a la normalidad.

El fiscal concluyó:

—No hay indicios, lamento los inconvenientes que le hemos causado, doctor Álvez, le pido que suscriba esta acta, por favor.

El ginecólogo hizo un gesto de desagrado, manifestando:

—Firmaré, pero veremos qué me aconseja mi abogado, si con su disculpa es suficiente. Alguien me tiene que resarcir por el mal momento que me han hecho pasar. En este país se trata a los inocentes como si fueran ladrones. Mientras tanto, los verdaderos delincuentes andan sueltos.

Santini se acercó a la puerta y antes de salir, dijo:

—Ahora vamos a registrar el inmueble de la calle Belgrano n.º 3012, séptimo piso A, doctor Álvez. Si quiere puede venir con nosotros…

El médico se puso pálido.

—¿Qué tengo que ver yo con ese departamento?

El fiscal respondió firme:

—Si usted dice que no lo alquila, o que no lo ocupa, no tiene sentido que nos acompañe.

Álvez contestó, tratando de evitar un ligero tic en la parte izquierda de sus labios:

—¡No!, iré con ustedes. Soy inquilino de ese departamento. Lo utilizo para actividades de índole privada. Es un abuso que también quieran concurrir a ese lugar.

Santini aclaró:

—No haga mi tarea más difícil. Tendrá a su disposición todas las armas legales. Mientras tanto, limítese a controlar que lo que conste en las actas que elaboremos se adecue a la verdad… ¿Le parece bien?

—No quiero que digan que obstruyo a la justicia, pero se están excediendo, ¿podrían esperar a que haga una llamada telefónica?

Adolfo temió que le pidiera a un cómplice que fuera al lugar de la diligencia para hacer desaparecer datos. Por eso comentó:

—Doctor Álvez, en la entrada de su departamento hay policías; ellos impedirán el ingreso de cualquier persona no autorizada. Le rogaría que se apresurara, no está bien que los hagamos aguardar, ¿no le parece?

«¡Maldito gusano!», pensó Álvez. «Este hijo de puta me las va a pagar...».

En veinte minutos llegaron al inmueble de la calle Belgrano. Los esperaba un policía y el doctor Carlos Guerrino. Álvez les abrió la puerta. Tenía un living-comedor y dos dormitorios; solo uno de ellos alfombrado, el resto de la unidad tenía piso de parqué, salvo la cocina y el baño, que lo tenían de cerámica. Lo primero que revisaron fue la heladera. Estaba vacía. A la media hora, ya se habían dado por vencidos, no habían encontrado nada. Álvez volvía a mirarlos con altivez y reproche; los acontecimientos parecían darle razón, todo el esfuerzo invertido en las diligencias había sido en vano.

Adolfo le comentó a Federico:

—Estela Cáceres nos mintió, ¡esa desgraciada!

Lizter contestó:

—No le eches la culpa, la caja fuerte existía, nos dio una llave, el departamento es real, ¿qué más pretendías de ella?

Adolfo Bernard expresó:

—Para mí, Álvez fue prevenido, no encontramos ni un mísero papelucho, nos cagó, tenemos que reconocerlo...

Federico movió su cabeza en señal de aceptación y comentó:

—Es cierto, todo salió para el culo.

Santini se acercó a la puerta y les dijo:

—Doctores, nos vamos a retirar, aquí no tenemos nada que hacer, hemos agotado el registro.

Se acercaron a la salida, el fiscal estaba muy serio, para él la investigación había sido un fracaso, podrían reprocharle que se había equivocado, que no habían sido suficientes los indicios considerados para allanar los domicilios, que Burán había mentido; sin embargo, Santini intuía que la historia de Roberto era verdadera. Caminaron hacia el ascensor y lo llamaron. Antes de entrar, el fiscal preguntó:

—Doctor Álvez, ¿usted alquiló el departamento con todo su mobiliario?

—Sí, ¿por qué?

—Por nada… ¿En qué fecha lo alquiló? ¿Tiene el contrato y el inventario a mano?

Álvez dijo:

—Hace diez meses que lo ocupo, no firmé contrato, el dueño es amigo mío.

Santini siguió preguntando:

—¿Viene a menudo aquí, doctor Álvez?

—Dos o tres veces por semana.

—Ya veo… Y dígame, ¿la alfombra también estaba?

—Sí —contestó Álvez—, ¿por qué lo pregunta?

Santini habló como pensando en voz alta:

—Me extraña, parecía nueva, recién colocada. No tenía marca alguna, ni suciedad, no había diferencia de color, es una alfombra que no fue caminada. Quisiera volver al departamento.

Álvez se puso rígido, ensayó una queja:

—Pero, doctor Santini, ¿no le parece demasiado?

El fiscal no le respondió, se pusieron a revisar con cuidado la alfombra del dormitorio, pero no encontraron nada. Adolfo y Federico intercambiaron miradas de desaliento, acercándose a la puerta de salida. El fiscal los detuvo.

—Esperen, por favor, ayúdenme a correr la cama.

Cuando lo hicieron, el fiscal advirtió que en la pared, justo bajo la cabecera de la cama, había un pequeño espacio que no tenía zócalo. El piso estaba cubierto por la alfombra, pero esa parte no había sido adherida. Introdujo su mano en ese sector, comprobando que el parqué y parte del contrapiso habían sido removidos. Encontró una reducida cavidad, un cuadrado de aproximadamente cuarenta centímetros de lado y adentro había un sobre grande color madera. Santini lo tomó, mientras Álvez enrojecía y transpiraba, haciendo visible su desesperación. Protestó entre balbuceos, al fin guardó silencio. El sobre contenía varios papeles.

Santini dijo en voz alta:

—Señores, dejaré constancia… Tome nota, por favor, doctor Guerrino… Tenemos aquí, un testamento firmado por la señora Artigas… Está hecho a favor del doctor Álvez, para el caso de muerte de la señora, se lo designa como tutor de su hijo. Anote todo.

Adolfo y Federico se abrazaron emocionados, mientras Álvez se descomponía a ojos vista. El fiscal extrajo un segundo instrumento y manifestó:

—Hay también un dictamen profesional del estudio jurídico Suárez-Medellin-Dickinson, que consta de veinte fojas. Está dirigido al ingeniero Eulogio Farías, sobre una consulta concreta por él realizada. Los temas tratados son: acción de filiación, derechos del hijo, pruebas biológicas, particularidades en el caso de inseminación artificial. ¿Está escribiendo todos los detalles, doctor Guerrino?

—Sí —respondió el secretario.

—Bien, escriba —ordenó mientras sacaba un tercer documento—, se trata de una carta manuscrita, de carácter privado. Está dirigida a Esteban Álvez, la señorita Alicia Sandrelli es la remitente, solicita al doctor que le haga un legrado a su hermana menor de edad.

Luego sacó una pequeña libreta, en la cual había anotaciones hechas de puño y letra de Álvez. El magistrado dijo:

—Deje constancia de que hay una libreta personal con anotaciones manuscritas referidas al seguimiento de un embarazo, a partir de una práctica de inseminación artificial. La paciente se llama Juana. Es todo creo, ¡no!, todavía queda algo, un pequeño papel. Se trata de una factura del laboratorio González-Bouchez. Instrumenta el depósito de una muestra calificada como «oncológica», de carácter «confidencial», según reza entre comillas, para ser conservada en nitrógeno...

El fiscal miró su reloj y dirigiéndose a su secretario, ordenó:

—Son las siete de la tarde, todavía debe de estar abierto. Aquí está la dirección, vaya inmediatamente, doctor Guerrino, no pierda un instante. Si no quieren atenderlo, demórelos un poco, yo terminaré el acta. Que no cierren el establecimiento hasta que yo llegue, ¿alguna duda?

—Voy inmediatamente —expresó bien dispuesto el doctor Guerrino.

Álvez reaccionó en ese momento diciendo:

—Yo me retiro. Esto es calumnioso.

—¡No! —contestó Santini—, usted se queda aquí. ¡Agente, detenga al doctor Álvez! Hasta que concluyamos la investigación quedará bajo su control, ¿está claro? Luego lo llevará a la seccional.

—Sí, señor fiscal —asintió el policía con respeto.

A los quince minutos habían llegado al laboratorio; Santini pidió hablar con el responsable de la empresa.

Los atendió, sorprendido pero cortés, un anciano de apariencia muy respetable.

—Santiago Diez —dijo el hombre—, ¿en qué puedo ayudar?

Santini le mostró la factura del depósito, interrogándolo:

—¿Conoce esto?

—Por supuesto —respondió el viejo que los atendía—, pertenece a nuestra compañía.

—Entonces —preguntó Santini—, ¿podríamos tener acceso a este material ahora?

—No, eso no, fíjese bien, la leyenda dice que es confidencial. No puedo hacerlo sin orden judicial…

—Yo me hago responsable y se lo daré por escrito —dijo el fiscal.

Tomando un papel en blanco, dispuso rápido el registro.

Santiago Diez preguntó:

—¿Qué debo hacer?

—Quiero ver la muestra que le dejó el doctor Álvez, la dejaremos precintada. Nadie debe tocarla, lo hago a usted responsable de cualquier deterioro o cambio que sufra el material. Me imagino que se da cuenta de la responsabilidad que implica, ¿no?

—No es justo que me comprometa —se opuso Diez, disconforme—, no tengo nada que ver.

—Si usted lo desea —le ofreció Santini—, puedo comisionar a un agente aquí, ordenarle que se quede toda la noche para asegurarnos de que nadie tocará la muestra. Es una mayor garantía para usted, ¿le parece bien?

—No tengo inconvenientes —contestó el anciano—, de ese modo quedaré más tranquilo.

—Yo también —indicó el fiscal.

Todo hacía suponer que lo depositado por el ginecólogo era la esperma de Roberto Burán. El círculo se había cerrado. Adolfo y Federico salieron de allí pletóricos de entusiasmo. Mientras tanto, Álvez era presa de la angustia. De golpe su siniestro plan se había desbaratado, no necesitaba ser muy perspicaz para comprender que las pruebas en su contra eran abrumadoras. Con la cabeza gacha, ocultaba su fracaso y su vergüenza.

Santini le dijo a Esteban Álvez:

—Doctor, usted quedará detenido; deberá declarar en la causa que se le sigue por defraudación y estará incomunicado. Agente, acompañe al doctor a la comisaría, dígale al comisario que su incomunicación debe ser absoluta, que constataré que esta orden se cumpla. Iré más tarde a tomarle declaración. Doctor Guerrino, ocúpese, por favor, de que envíen rápido personal policial al laboratorio. Que se ordene la detención de Juana Artigas, de inmediato. Comuníqueme los resultados, por favor.

MAR DEL PLATA, MIÉRCOLES 29 DE FEBRERO DE 2012

—Amigos, les debo todo, también mi hijo se lo agradecerá.

Fernando Ridenti, Adolfo Bernard, Federico Lizter y una radiante Rocío levantaron sus copas festejando.

Adolfo dijo socarrón:

—Álvez parecía un semáforo, cambiaba de color a cada rato…

—No nos confiemos, ese hijo de puta es peligroso —acotó Roberto—. ¿Cómo sigue esta película?

Federico tomó la palabra.

—Si la muestra del laboratorio es tuya, Álvez no podrá justificar por qué la tenía. Debemos cuidar que no se deteriore ni se pierda. Mañana iré al juzgado con un especialista para que asesore al juez sobre cómo se debe conservar la esperma. Después habrá que hacer una pericia oficial, pero mientras tanto sería bueno asegurarnos. ¿Les parece bien?

—Lo que abunda no daña —opinó Adolfo—, pero estoy seguro de que la muestra es del semen que obtuvo Alicia.

Adolfo se odió a sí mismo por nombrarla delante de Rocío, hubo silencio.

La joven abogada no pudo callar, mirando afectuosa a Roberto, expresó:

—Alicia nos salvó. Por lo que hizo antes, no me atrevo a juzgarla. —Acarició la mano derecha de Roberto—. No tengo nada contra ella, solo a alguien en común.

Fernando Ridenti cortó la tensión:

—Hay que apurarlo a Zimbrein, nos dijo que tendría el resultado de la prueba biológica para la primera semana de marzo. Ojo, que aún no estamos seguros de que el chiquito sea de Roberto.

—Me encariñé con Agustín, lo protegería igual —dijo Roberto.

Rocío le acarició el hombro y manifestó:

—Me gustaría tener el dictamen de Zimbrein antes de que venza el plazo para contestar la demanda.

—¿Cuál es tu idea, Rocío? —preguntó Federico.

—Lo mejor es decir la verdad, o casi toda. No diremos que incentivamos a Estela Cáceres, ni incurriremos en contradicciones. Si la pericia de Zimbrein es positiva, como lo suponemos, reconoceremos la paternidad y los derechos que ella implica.

Fernando la interrogó:

—¿Para quitarle el chico a Juana Artigas?

La respuesta de la bella abogada fue inmediata:

—Siempre quisimos que Roberto tuviera la patria potestad del bebé. Será un largo proceso, pero mientras tanto, pediré que le den la tenencia, estoy segura de que podremos lograrlo. Si es necesario, ofreceremos llevarlo varias veces al día, para que sea amamantado.

—Eso sería un golazo… —comentó Fernando.

Roberto asintió, con los ojos húmedos.

—Lo sería.

—Ojo, la tenencia no es todo —agregó Federico—. Habrá que demostrar la culpabilidad de Juana y de Álvez. Debemos seguir la causa penal hasta las últimas consecuencias.

—¿Pensás que estos hijos de puta zafarán? —preguntó Fernando.

Federico hizo un mohín de duda.

—Espero que no, todo coincide con nuestra denuncia, hasta la carta de Alicia. Álvez no podrá dar una explicación coherente, hay demasiadas pruebas en su contra. Si no hubiera estado implicado en la inseminación, ¿por qué tendría todos esos papeles escondidos en el piso de su cuarto? Todo lo acusa, hasta la designación como tutor que Juana le hace por testamento. Es muy significativo, aunque sea discutible su valor jurídico.

—¿Por qué? —inquirió Roberto sorprendido.

Federico aclaró:

—Porque si ella muriera, siendo el padre, tendrías derecho prioritario a la tenencia legal de tu hijo y Álvez no podría impedirlo, ni aun habiendo sido nombrado tutor por Juana. Pero ese testamento demuestra que es muy sugestiva la relación entre el médico y su paciente. De más está decir que su testimonio ya no sería relevante. Un magistrado que no advirtiera el fraude sería un miope mental.

—No nos olvidemos de la agenda —recordó Adolfo—, que detalla el seguimiento del embarazo de Juanita a partir de una inseminación. Una pericia caligráfica fácilmente identificará la letra de Álvez. No podrá negar su autoría, es demasiado evidente. Todo está a favor nuestro.

—Si el semen es de Roberto, jaque mate —dijo Fernando.

—¡Qué bien Santini! —aplaudió Adolfo—. Un genio: porque la alfombra era muy nueva... También fue definitorio ubicar el departamento, Estela Cáceres nos dio una mano bárbara.

Roberto asintió.

—Álvez jamás imaginó que lo averiguaríamos. Estela vio la factura de expensas de pura casualidad. Un descuido de Álvez que fue su perdición. Había vaciado su caja fuerte, desconfiaba; por suerte no llegó a destruir toda la evidencia.

—Pudo haberla guardado en otro lugar más seguro —opinó Adolfo—. En una caja de seguridad bancaria, en la casa de algún amigo, no sé, en algún sitio intocable.

—Tuvimos mucho culo, fue casi milagroso —afirmó Federico.

Con cierto aire enigmático, Rocío agregó:

—Hay algo que no saben...

—¿Qué no sabemos? —preguntó Fernando.

—Sobre el dictamen jurídico que pidió Álvez. Tengo una noticia para darles, conozco al doctor Dickinson desde que era una niña, es un gran amigo de papá. Su firma está en el informe que guardaba Álvez, ¿se acuerdan? Ayer hablé por teléfono con él, recordaba el caso porque le pareció extraño. Hace un año y medio, el ingeniero Eulogio Farías solicitó un minucioso análisis de una situación similar a la que vivió Roberto. Pidió que se agotara el tema, estaba bien asesorado, por eso estaba tranquilo. Pero la cosa no termina aquí, le pregunté cómo era Farías y me dio una fiel descripción de Álvez: no hay duda, son la misma persona. Dickinson me aseguró que lo reconocería en cualquier circunstancia. Otro de los socios de su estudio y un empleado también podrían atestiguarlo. Álvez habrá conservado el informe de Dickinson para recordar los aspectos jurídicos de la cuestión. Como ven, nuestro amigo está encepado. ¿Les gustó?

Roberto se levantó y estampó un sonoro beso en la mejilla de la hermosa abogada, que, pese a la intimidad experimentada, se sonrojó.

—Esto merece otro brindis —propuso Adolfo—, ¡por Rocío!

Al unísono, todos repitieron:

—¡Por Rocío!

MAR DEL PLATA, LUNES 5 DE MARZO DE 2012

Roberto recibió en su casa al doctor Zimbrein:

—Gracias por venir a Mar del Plata, ¿quiere tomar algo?

—Nada, gracias; me voy enseguida, mi familia me está aguardando. Estoy aquí de vacaciones, aproveché para informarlo en persona. Me remitieron por *mail* los estudios genéticos que se realizaron en Estados Unidos. Traigo noticias.

Roberto preguntó con voz trémula:

—¿Soy el padre del bebé, doctor?

—No le quepa duda, Burán. El estudio del ADN es casi infalible.

Roberto tomó la mano de Rocío y la soltó de inmediato para no evidenciar la intimidad que tenía con ella. Saliendo de su turbación, dijo:

—¿Por qué está tan seguro del método que ha empleado, doctor Zimbrein?

—Porque se basa en la diversidad genética que se da en todas las especies, Burán. Hasta en las plantas. Estas diferencias son las que determinan que existan distintos grupos sanguíneos… Hacen que poseamos algunas enzimas o proteínas específicas que otros no tienen. Al tipificar la muestra que se extrajera de la señora Juana Artigas, de su hijo y de usted, nos hemos dirigido directo a la molécula del ácido desoxirribonucleico, o sea, del ADN. La información genética está allí codificada. Esto es lo que determina que nosotros seamos hombres y no ratas. Es lo que causa que yo sea bajo y gordito y mis primos altos y flacos. El ADN está en los núcleos de nuestras células, con excepción de los glóbulos rojos. Se puede utilizar semen, la raíz del pelo, o cualquier otro tejido, hasta pedazos de piel. Se puede calificar de «documento de identidad biológico»; es muy confiable. Contraté a dos institutos de primera línea de los Estados Unidos. Ambos informes coincidieron. No cabe duda alguna de su paternidad, considérela cierta…

Rocío se interesó en el tema:

—¿Cómo se hacen estas pruebas, doctor?, ¿es difícil comprenderlas?

—En detalle, sí, los medios y técnicas utilizadas son complejos. El esquema que se obtiene es similar a las etiquetas con código de barras que se utilizan en los supermercados; hay que saber leerlas. Lo cierto es que comparando las que corresponden a las distintas muestras, se puede precisar si existe o no vínculo filiatorio. Si se analizara el material genético de un mismo individuo, las etiquetas serían idénticas.

—El semen depositado por Álvez, ¿es mío? —preguntó Burán.

Zimbrein siguió respondiendo con seguridad:

—Tenga en cuenta que hace pocos días que tuve a mi disposición ese material. No obstante, puedo darle algún anticipo. Se analizó el ADN de las cabezas de los espermatozoides presentes en la muestra y casi podría asegurarlo: la huella genética es la suya.

Roberto quería más datos.

—¿No influye el tiempo que transcurrió?

—Su ADN es estable, doctor Burán. Se han extraído «etiquetas» genéticas de momias egipcias. Un poco más antiguas que las suyas, ¿no? Hoy se hacen análisis moleculares sobre muestras ínfimas, o muy degradadas. Basta una mancha de sangre del tamaño de la cabeza de un alfiler o la raíz de un cabello.

La doctora Bareilles quiso disipar dudas:

—¿Qué grado de certeza tenemos, doctor Zimbrein?

—La posibilidad de que exista coincidencia casual es de una en un millón. Es casi la certeza absoluta.

Burán expresó:

—Su servicio ha sido valiosísimo para mí, créame doctor Zimbrein, ahora sé a qué atenerme. Le ruego que guarde este sobre, contiene su cheque, se lo ha ganado en demasía.

—Muy amable, doctor Burán, todos debemos vivir. Le dejo las conclusiones de las dos instituciones consultadas, están en inglés y en castellano. Las hice traducir para que sean bien interpretadas por los jueces. Sé que usted será un buen padre, Burán, me alegro de haber beneficiado a su bebé. Hasta pronto.

MAR DEL PLATA, MIÉRCOLES 7 DE MARZO DE 2012

A las 12 horas, un hombre alto, de cuarenta años, calvo, pálido y muy delgado, con gafas de sol y traje oscuro, se sentó solo en un banco del parque General San Martín, frente a una panorámica y maravillosa vista del mar. Encendió despacio un cigarrillo. Esteban Álvez, que estaba a pocos metros, se acercó aparentando tener la vista perdida en objetos lejanos y exhibiendo un rostro indescifrable. Vengarse de Burán se había convertido para él en una obsesión. Había salido en libertad bajo fianza, sabía que las pruebas lo incriminaban, y estaba dispuesto a patear el tablero redoblando su apuesta a todo o nada.

Se detuvo súbitamente para sentarse en un banco cercano, colocó debajo de su asiento un maletín negro antiguo y gastado. Luego se levantó aparentando estar distraído y comenzó a caminar lentamente hacia la costa, alejándose. El hombre alto y calvo le dio una profunda pitada a su cigarrillo y arrojó la colilla encendida sobre una paloma que alzó rápido vuelo. Se levantó, caminó hacia el lugar abandonado por Álvez, se agachó y tomó el portafolio que él había dejado como si fuera de su pertenencia. Luego se distanció con naturalidad. Mientras caminaba, entreabrió el cierre del maletín y observó en su interior. Estaba colmado de dinero. Sonrió.

Ese mismo día, a las 18:15 horas, Roberto se detuvo ante la puerta del departamento de Juanita Artigas y tocó el timbre. Un momento después, ella apareció en el umbral. Vestía un camisón blanco que insinuaba las curvas de su cuerpo. Los ojos de la mujer se abrieron con sorpresa al verlo, pero enseguida pareció distenderse. Simulando afecto, dio un paso hacia su visitante, apoyó sus pies descalzos sobre los zapatos de Roberto y exclamó:

—Hola, ¿viniste a visitar a nuestro bebé? Se va a poner contento.

Roberto se apartó conteniendo su ira.

—No es divertido, Juanita, no soy tan boludo como pensás. Todavía tenés la desvergüenza de hacer chistes, ¿sos consciente de lo que vos y Álvez están haciendo? Vine a darte la oportunidad de arrepentirte. Será la última.

Juanita replicó:

—Por ahora, solo pienso en que tenemos un hijo. De eso estoy segura. Lo podríamos criar juntos, haríamos un buen equipo. Aunque no lo creas, voy a ser una gran madre. Ya lo verás, ¿por qué no lo intentamos?

Se siguió acercando a Burán, hasta hacerle sentir su aliento en la cara, acarició suave la entrepierna de Roberto, que hizo un esfuerzo para reprimir sus impulsos agresivos, estaba desconcertado, en conflicto con una mujer a la que odiaba, pero que tenía la tenencia de un hijo suyo. Apartó rápido la mano de Juanita, rechazando sus caricias íntimas y dijo:

—Cometiste un gran error, no podrás tener al chico en la prisión.

Volviendo sobre sus pasos, se esfumó en la oscuridad del pasillo.

Juanita le gritó, mientras escuchaba que se iba alejando:

—¡Andate a la mierda Roberto! ¡Te odio! ¡Nunca me vas a sacar a mi bebé!

A las 21 horas, en la amplia cocina de la casa de Burán, Julieta preparó una apetitosa cena. Mientras le servía una porción de pastel, preguntó:

—El bebé tiene casi dos meses, ¿qué pensás hacer papá?

Roberto levantó las cejas en forma apenas perceptible.

—Impedir que esa mujer tenga la custodia de Agustín, no puedo permitir que arruine su vida, merece una oportunidad. Tampoco debo permitir que esos hijos de puta se lleven ni una moneda.

Julieta agregó:

—Nos van a matar, papá.

—Yo también temo, gente experta nos está cuidando ahora, no se dejan ver, pero están. Los vamos a mandar presos y saben que, si nos pasara algo, ellos también morirían. Me encargué de que lo supieran.

—Igual tengo miedo, papá. ¿De qué nos servirá la venganza si ya estamos muertos? Ojalá que no pase nada. ¿Estuviste con Alicia?

—No, no hay futuro para nosotros.

En el restaurante El Cañadón, Alicia, con su uniforme de camarera, tomaba pedidos. Llenaba vasos de agua. Servía los alimentos. Todo lo hacía como adormecida, como si fuera sonámbula. Sentía que sus párpados estaban pesados y oscuros. Su ritmo era lento. Su rostro no mostraba emoción alguna. Se acercó a una pequeña mesa donde estaba sentado un joven atractivo y le preguntó:

—¿Quiere pedir algo, señor?

El desconocido respondió:

—Que sonrías, una mujer de tu hermosura no puede estar tan triste.

—Déjeme trabajar, señor. Solo vine a ofrecerle comida.

—No seas tan cortante conmigo, querida. ¿Qué tal una cita? Estoy seguro de que podría hacerte feliz. Dame una oportunidad…

—Lo siento, estoy comprometida.

—No me rechaces así, sos especial, quiero conocerte.

Alicia apoyó un vaso sobre la mesa y dijo:

—Mejor que no me conozca. He provocado mucho dolor.

Y se fue.

MAR DEL PLATA, VIERNES 9 DE MARZO DE 2012

—Doctora Bareilles, he leído su contestación de demanda, un excelente trabajo. Estuve analizándola con mis colegas del tribunal y con la doctora María del Carmen Fernández, me pareció esencial que la asesora lo supiera todo. Lo que usted solicita es delicado: sacarle a la señora Artigas la tenencia de su hijo.

Eran las ocho de la mañana, Burán y su letrada estaban en el despacho de la presidenta del Tribunal de Familia, la doctora Bisson; el día anterior habían contestado la demanda de Juanita. En su escrito, Rocío describió el resultado del allanamiento en el departamento de Álvez. Ahora le dijo:

—Señora jueza, las evidencias son definitorias… Está en juego el interés del bebé. Usted sabe que el trámite del juicio será complicado y lento. Hasta que haya sentencia firme, pasarán años… ¿A usted le parece lógico que la criatura quede con la madre mientras tanto? Ella irá presa dentro de poco, estamos convencidos de eso. Juana Artigas se hizo inseminar por dinero, no lo dude…

La doctora Bisson parecía estar distendida; las evidencias e indicios acumulados y los hechos denunciados por Rocío lo explicaban todo. Había demasiadas coincidencias como para dudar de la versión de Burán. Como contrapartida, privar a la madre de la tenencia de un bebé solo se podía ordenar en circunstancias excepcionales… La jueza estaba analizando si se daban en este caso.

—Doctora Bareilles, comprendo su inquietud, pero recién estamos en los comienzos de este proceso. Juana Artigas no ha sido condenada… No debemos presumir que es culpable, sino que es inocente. Privarla de la tenencia sería casi como declarar que ha delinquido sin que hubiera sentencia penal.

Rocío insistió:

—Señora jueza, usted sabe que el chico debe ser separado de la madre. Ella ejercería sobre él una influencia nociva; le estamos ofreciendo un hogar decente, el cariño de un hombre honesto. ¿No cree que es vital darle al niño lo mejor?

—No es tan sencillo, doctora Bareilles, tiene solo dos meses de edad.

—Digámoslo con todas las letras, doctora Bisson: las constancias de la causa penal son reveladoras de un actuar delictuoso.

—Puede ser —dijo la magistrada—, pero estoy obligada a actuar sobre bases firmes. Recuerde que el proceso penal recién se inicia, en principio, la tenencia correspondería a la madre, salvo causas muy serias: peligro del menor, por ejemplo.

—¿Le parece que no hay riesgo? —preguntó Rocío—. Esa mujer es amoral, peligrosa, no se merece nada.

—Mida sus palabras, doctora Bareilles, debo atenerme solo a los hechos acreditados.

Rocío contestó con energía:

—Me fundamento en ellos, señora jueza, no invento nada… Tenga en cuenta los documentos hallados por la justicia penal.

—Los instrumentos secuestrados pertenecen al doctor Álvez, doctora Bareilles. Juana Artigas solo es autora del testamento.

Rocío cuestionó:

—¿Lo cree así, señora jueza? Esa mujer actuó de mala fe. ¿No ofreció acaso como testigo al doctor

Álvez, ocultando que es de su íntima amistad? ¿No es cierto que omitió decirlo? Nadie nombra tutor de su hijo a un desconocido… Ese testamento tiene una significación profunda en este proceso. Existen presunciones graves, precisas y concordantes. La declaración de la testigo Estela Cáceres en sede penal demuestra que existe entre Álvez y la Artigas mucho más que una simple amistad, ¿puede tener duda de esto?

—Sí puedo, doctora Bareilles, hasta que no haya sentencia en sede penal nadie puede estar seguro de nada.

—¡Pero señora jueza!, ¡no podemos esperar tanto tiempo! Se debe privilegiar el interés del niño. La hombría de bien del doctor Burán no ha sido cuestionada en ningún momento. Es un profesional de sólida posición económica, buena reputación y excelente padre, ¿qué más se podría pedir? Asumió su responsabilidad, sometiéndose a las pruebas biológicas. La pericia del doctor Zimbrein avala la autenticidad del vínculo filiatorio, ¿qué más hay que esperar?

—A eso me quería referir. Dígame, doctor Burán, según el análisis del doctor Zimbrein, el pequeño es hijo suyo. Usted lo reconoce, ¿correcto?

Roberto contestó:

—Sin duda alguna.

La magistrada concluyó:

—Debo hablar con las otras dos integrantes del tribunal de familia, no me apresuren. Las cosas apuradas salen mal, voy a meditar sobre esto, conversaré con la asesora de menores. Quizás a última hora tengan novedades. Pregunten en el juzgado si se dictó resolución. Ha sido un gusto, hasta pronto…

Al mediodía concurrieron nuevamente al juzgado. Rocío abordó a una empleada:

—Buenos días, señorita, necesitaría ver el expediente «Artigas contra Burán sobre reconocimiento de filiación». Fue despachado hoy. El trámite debe estar reservado…

Pareció una larga espera, aunque a los cinco minutos las actuaciones estaban en sus manos. Rocío leyó la parte relevante de la decisión judicial, el voto de la doctora Bisson que fue compartido por las otras dos juezas de familia:

En autos quedó acreditado que el menor que demandara el reconocimiento de su filiación es hijo del demandado Roberto Burán. Su reconocimiento expreso en este sentido elimina toda controversia e implica un allanamiento a la demanda. Solo quedan pendientes las cuestiones relativas a las costas del proceso y las que introdujera el doctor Burán, al accionar a su vez contra la señora Juana Artigas. Cabe entonces declarar la paternidad del demandado, con todas las consecuencias jurídicas que ello importa. El litigio debe continuar solo para resolver el conflicto planteado por el padre respecto a la tenencia de la criatura y la privación de la patria potestad de la señora Artigas. Estos problemas serán tratados y resueltos en sentencia definitiva. Mientras tanto, corresponde resolver el pedido cautelar efectuado por el doctor Burán. Este solicitó como medida previa que se prive de la tenencia «en forma provisoria», a la madre del menor. Para fundar su petición, formuló imputaciones de suma gravedad. A criterio de quien vota, en base a los elementos ya agregados en la causa penal, esa acusación tiene verosimilitud. No se desconoce que se debe presumir la inocencia de la señora Artigas. Pero las peculiaridades del caso se deben atender. En esta coyuntura, es obligación del Tribunal de Familia analizar las contradicciones existentes en la conducta de la madre. Ella ha ocultado su íntima amistad con el doctor Esteban Álvez, a la sazón, ofrecido por ella como testigo. Arribo a esta conclusión, luego de analizar la escritura pública número ciento ochenta, que fuera obtenida en el allanamiento efectuado en sede penal. En dicho instrumento, se designa tutor al doctor Álvez para el supuesto de fallecimiento de la señora Artigas. Es de relevancia también la declaración realizada por la señorita

Estela Cáceres en la causa penal. Según sus dichos, había entre Juana Artigas y Esteban Álvez una relación amorosa. Hay elementos que permiten colegir que la vinculación entre los mencionados no es la normal que corresponde entre un paciente y su médico. Sin embargo, la madre del menor manifiesta en su demanda que solo tenía con su ginecólogo un trato profesional. Por tanto, la evidencia indica que sobre este crucial tema la accionante ha faltado a la verdad. El interés personal del Dr. Álvez ha quedado patentizado en autos, ya que podría llegar a ser tutor del niño. Esta supuesta familiaridad en el trato de la madre con su médico hace que los actos del referido galeno tengan más relevancia, al igual que la exposición de la señorita Alicia Sandrelli. En este sentido, los instrumentos secuestrados hacen verosímil la versión del doctor Burán. La actitud de este ha sido coherente y clara. Su sometimiento a las pruebas biológicas, incluso el adelantamiento de la producción de las mismas, permitió el reconocimiento expreso de la filiación reclamada. Esta conducta es demostrativa de la buena fe del demandado, que limitó su reclamo a solicitar la tenencia del hijo común y la privación de la patria potestad de la señora Artigas.

Rocío suspiró emocionada, Roberto lagrimeaba a su lado. Siguió leyendo la parte dispositiva del fallo, que compartieran las tres juezas:

En el caso, consideramos que el artículo 264 ter. del Código Civil permite decidir el problema, resolviendo el juzgado cuál de las partes ejercerá la patria potestad. En tal sentido, fijamos la audiencia del día 21 de marzo de 2012, a las 9 horas, para que las partes realicen la defensa de sus respectivas posiciones. Mientras tanto, estimando que es en beneficio del menor, se otorga la tenencia provisoria al padre, sin perjuicio de que en el futuro se pueda modificar esta situación. Los graves desacuerdos que distancian a los litigantes hacen necesaria una definición concreta y rápida, debiéndose garantizar el derecho de la madre a visitar al niño, e incluso de amamantarlo, si ello fuera aconsejado por el galeno actuante. En este sentido, en principio, salvo que las partes convinieran un régimen distinto, se faculta a la señora Artigas a ver a su hijo los lunes, miércoles y sábados, en el horario de 14 a 19 horas. El padre deberá poner a su disposición un lugar adecuado para los encuentros que permita el esparcimiento del bebé y la comodidad de la madre. Esta no podrá retirar al niño del lugar fijado para realizar las visitas, salvo acuerdo previo realizado entre las partes. Se toma en cuenta el dictamen favorable al pedido, formulado por la señora asesora de menores. Receptando su opinión, dispongo que se dé intervención a la psicóloga de Tribunales para que informe en forma periódica sobre el cumplimiento del régimen fijado y su incidencia en la psique del menor. A los efectos de hacer efectiva su entrega al padre, líbrese mandamiento, con habilitación de días y horas inhábiles. El oficial de justicia podrá solicitar el auxilio de la fuerza pública, si fuera necesario.

Rocío suspendió la lectura: había analizado la parte fundamental del fallo llena de satisfacción. Roberto la abrazó emocionado; ni se dieron cuenta de que estaban en un pasillo atestado de gente. Era un merecido triunfo.

—¿Qué te parece? —preguntó él.

—Perfecto —opinó ella—, no podíamos esperar algo mejor; fue fundamental el dictamen de la asesora de menores, se jugó con todo. La jueza Bisson se apoyó en ella para decidir darte la tenencia; fueron valientes y justas. Las otras dos juezas también tuvieron su mérito al adherirse al voto de la presidente del tribunal.

Roberto levantó el índice de su mano derecha y lo movió suave.

—Lo que no me gusta es el régimen de visitas a favor de Juanita.

—¿Qué pretendías querido?, ¿un fusilamiento? Es la madre, la verdad.

—No lo niego, Rocío, pero cuando pienso que esa desgraciada va a venir a mi casa a ver al bebé, se me pone la piel de gallina. ¡No lo puedo evitar!

—Ya te acostumbrarás, lo tendrás siempre con vos. Vamos a ver qué actitud asume la Artigas ahora; quizás desaparezca, quién sabe…

Roberto lagrimeaba, liberaba tensión, luego de ganar una batalla decisiva. No sabía cómo expresarle a Rocío su agradecimiento; era bueno sentirla tan cerca. Se aproximó a ella mirándola a los ojos y le susurró tomándola delicado de la cintura:

—Tengo ganas de besarte, vamos a casa, por favor. Quiero desnudarte, sentir tu piel… Te quiero mucho, gracias por todo.

—Yo también te quiero, Roberto, vamos… Decile a alguien de tu estudio que redacte el mandamiento, es probable que hoy mismo tengamos que llevarnos a Agustín.

—Como siempre, tenés razón.

MAR DEL PLATA, MARTES 13 DE MARZO DE 2012

—Buenas tardes, señora, soy Sebastián Ruiz, oficial de justicia, vengo con el doctor Burán, traigo una orden judicial, deseo hablar con Juana Artigas, ¿está en la casa?

La madre de Juanita se quedó petrificada en el umbral de la puerta, presentía algo malo. Llamó a su hija:

—¡Juanita!, ¡te buscan!

Juana Artigas apareció. No se sorprendió; estaba esperando que algo sucediera. La habían excarcelado por el delito de defraudación en perjuicio de Roberto, si la condenaban, iría a prisión.

«Está pagando caro lo que hizo», pensó Roberto.

Temerosa, casi al borde de la histeria, Juanita preguntó:

—¿Qué…, qué pasa?, ¿a qué venís, Roberto?

—A llevarme al chico —contestó él.

Juanita acusó el impacto, emitiendo un alarido lastimero

—¡Nooo!, ¡por favor, no te lo lleves! ¡Perdoná lo que te hice!, ¡no te lo lleves…!

—Lo hubieras pensado antes, ahora es tarde. Dejame, correte…

Ella les impedía el paso:

—No podré vivir sin mi hijo… Ahora que lo tengo, no puedo dejarlo.

—Vos no lo dejás, te lo saco yo.

—Pero soy su madre.

—Es cierto, Juana, pero además sos un monstruo.

—Estoy arrepentida, ¡te lo juro! ¡Déjamelo, te lo ruego! Lo criaré bien, no me des dinero si no querés. Vas a ver que te digo la verdad, no lo dejes sin madre, él te lo reprocharía el día de mañana.

Roberto hizo un gesto irónico y dijo:

—¿Te parece?, ¿aun después de leer la causa penal?

—¿Serías capaz de mostrársela?, ¿lo serías?

—Por supuesto, Juana, no hay mejor enseñanza para los hijos que saber la verdad, ¿por qué hacer excepciones? ¿Vos qué esperabas que le dijera?, ¿que sos una madre maravillosa?

—Fue un error. Tenés que comprenderlo, Roberto, me dejé convencer por Esteban, yo no quería hacerlo.

—Claro, te obligaron. Te conozco, sos un témpano, no hacés nada sin computar hasta los mínimos detalles. Querías enriquecerte usando al chico, él te importaba un carajo.

—No, Roberto, ¡te aseguro que no! Eso fue al principio, pero después…

—Después qué, Juana… Te habrá importado un poquito más. Hasta habrías sido capaz de criarlo. Con mi dinero, por supuesto. Sos una basura, me asquea tenerte cerca, ¿dónde está mi hijo?

—Esperá, Roberto, volvamos a fojas cero… Yo me quedo con Agustín y vos seguís como antes, ¿de acuerdo? No quiero ni un peso tuyo, pero dejámelo, ¡te lo imploro!

—No siento piedad por vos, además, nunca lo dejaría a tu cuidado. No lo hagas difícil, conformate con visitarlo tres veces por semana, la jueza te lo concedió.

¿Por… qué? ¿Por qué decís que es tu obligación? —preguntó llorando Juanita.

—Porque mi deber es pensar en mi hijo: me necesita, jamás te lo dejaría a vos, le envenenarías el alma.

—Roberto, no me juzgues, tuve una infancia difícil, puedo cambiar…

—Mirá, si tu existencia fue una porquería, allá vos. Pero la de mi hijo no la vas a arruinar. Si sos tan desgraciada, pegate un tiro, le harías un bien a la humanidad.

—Tenemos un hijo en común, no deberías hablar así.

—Es lo único que nos vincula. Pero es así porque me defraudaste, no pienso olvidarme de ese pequeño detalle…

Juanita se irguió, pareció recomponerse.

—Roberto, no podrás impedir que siga viendo a Agustín, ¿por qué no sos razonable? Busquemos un acuerdo.

—Está bien. El chico se queda conmigo y vos reconocé tu culpabilidad. Demostrá que de verdad estás arrepentida, después veremos. Igual no te prometo nada, me arruinaste la vida.

Juanita musitó:

—No te quejes, el chico estará con vos.

—Sí, ¿y qué? ¡Me lo gané, luché por él!

Juana se estaba tranquilizando, su calculador cerebro volvía a funcionar a pleno. Le dijo al oficial de Justicia:

—Señor Ruiz, muéstreme la orden, por favor. No piense que voy a permitir que me despojen de mi hijo, ¡jamás dejaré que se lo lleven!

—No tengo nada personal en su contra, señora. Debo cumplir la orden judicial. Usted se podrá defender ante el tribunal de familia o apelando a la Suprema Corte de la Provincia si fuera preciso, pero ahora más vale que se resigne. Si usted no me entrega a la criatura, me la llevaré por la fuerza. Abajo esperan dos policías, tardarían un minuto en subir. Lea, verá que estoy autorizado a pedir el auxilio de la fuerza pública. Le aconsejo que no sea obcecada, su resistencia ahora la pagaría mañana.

—¿Qué quiere decir? ¿Cómo que la pagaría?

Roberto explicó:

—Es obvio, el tribunal valorará tu conducta, tu derecho de visitas puede ser limitado o quizás cancelado. Tenés mil defectos, pero la estupidez no es uno de ellos… No te hagas la inocente, comprendés bien todo. No me demores más, el chico, ¿dónde está? ¡Lo quiero ya!

—Está… dentro, en mi… pieza. ¿Cuándo lo podré ver?

Burán contestó de inmediato:

—Abreviemos, te leeré la sentencia, escuchá: «En este sentido, en principio, salvo que las partes convengan un régimen distinto, se faculta a la señora Artigas a ver a su hijo los lunes, miércoles y sábados, en el horario de 14 a 19 horas». ¿Está claro? —prosiguió diciendo Roberto—, atenete a estas reglas, no te cederé ni un ápice más de lo que debo dar. Y te advierto, ¡andá con cuidado! Si llego a ver que hacés algo para perjudicarme a mí o al bebé, te destruiré. Ya jugaste demasiado con fuego. Espero que te condenen, no quiero que haya otras como vos o como Álvez. Me defraudaron, me amenazaron de muerte, también a Julieta. Los años que te restan de vida no te van a alcanzar para arrepentirte.

El oficial Ruiz dijo:

—¿Entramos, doctor Burán?

—Entremos… —contestó Roberto.

Ingresaron a la pieza de Juanita, Agustín estaba dormido en una pequeña cuna.

«Pese a todo lo que sufrí por esta criatura, me siento como un ladrón», pensó Roberto. «Este bebé es un desconocido, un querido extraño». Lo tomó en sus brazos, besó sus mejillas. Le pareció que su rostro por momentos se convertía en el de Juanita. Trataba de sacarse esa imagen como si se tratara de una pesadilla, pero volvía a su mente. «Estoy viendo visiones», se dijo, «debo tener paciencia, tendré que habituarme a vivir distinto. Estoy viejo para criar a un niño, pero no tengo otra.

Salieron de la casa apartando a Juanita, que quería retener a su hijo con desesperación. Hasta Roberto, a su pesar, se compadeció. Ruiz la sujetó, mientras él «huía» con el niño.

Al salir a la calle, Roberto sintió que nada era igual: Agustín lo había cambiado todo.

MAR DEL PLATA, DOMINGO 20 DE MARZO DE 2012

Rocío estaba viviendo en la casa de Roberto. En la noche del sábado 19 de marzo, le dejaron el bebé a una señora amiga para poder estar todo el domingo en intimidad. Habían tenido una noche intensa, sospechando que tal vez fuera la última que compartirían como amantes. El lunes Rocío viajaría en avión a Buenos Aires para retomar su vida profesional. Tenía obligaciones indeclinables.

—Me pone triste que te vayas, Rocío, fueron días intensos.

—Maravillosos, no sabés cómo te lo agradezco.

—El agradecido soy yo.

—Actué como debía, Roberto, como lo sentía. Fui muy feliz, no fue trabajo, al contrario. Estuve de luna de miel y en el frente de combate, luchando por vos. Me sentí mujer sin dejar de ser la doctora Bareilles. Ambas son importantes.

—También sensuales, querida.

—Gracias, Roberto, sin los sentimientos nada vale la pena. Vuelvo a mi hogar enternecida.

—Quisiera que te quedaras, Rocío.

—Estarás ocupado con tu bebé.

—Tengo demasiadas complicaciones, ¿no?

—Debo irme, no lo hagas difícil. Tengo mi vida, mi ámbito, mis cosas, también las extraño. Necesito oxígeno, planear libre mi futuro. Los dos necesitamos tiempo.

—No me hables en clave, Rocío.

—Sos un hombre bueno, pero tenés que encontrar tu rumbo, ni siquiera sabés cómo criarás a tu hijo.

—¿Otra vez Agustín?

—No es solo él, sino también Alicia, pero, aunque no estuviera, también necesitaría pensarlo. Soy sincera: una cosa es vivir una aventura, otra muy distinta sería comprometernos. Te voy a decir lo que te está pasando.

—¿Sos telépata, ahora?

—Si siguieras tus impulsos, también me pedirías tiempo. No lo hiciste porque temías herirme. Estás lleno de dudas, ¿me equivoco?

—No, creo que no, sí algo confuso, como aturdido, debo atender a un bebé de dos meses que estará sin madre. No sé cómo voy a hacer.

—No es solo por eso, Roberto, confesalo.

—¿Qué querés que confiese?

—Me refiero a Alicia, Roberto.

—Está bien, ella me preocupa… ¡No, no es que me preocupe! Es distinto. No sé cómo explicarlo, es como si estuviera cerca, a veces pienso en ella, lo reconozco.

—¿Te das cuenta, Roberto? Necesitamos distanciarnos.

—Pero, Rocío, ¡yo te quiero!

—No dramaticemos; dejemos que pase el tiempo. Todo lo que hice lo sentí y no me arrepiento, soy grandecita. Ha sido una gratísima experiencia liberarme de mi coraza. No volveré a enfriarme, aunque no nos veamos nunca más.

—¿Pensás que no nos volveremos a ver?

—No sé, te extrañaré, pero no creas que me voy a suicidar, trataré de ser feliz.

—Ya veo, Rocío. Querés que aclare mis sentimientos. Voy a hacerlo. Luego veré qué dirección tomo. Si trato de volver a vos, será porque Alicia no existe más. Si eso sucede, espero que estés disponible. ¿Te parece bien?

—Muy bien, Roberto, yo también necesito aislarme, pensar. No estoy para compartirte con Alicia, ni para entregarme sin reservas. Creo que si nos unimos debe ser sin límites. Mientras tanto, trataré de recuperar el tiempo perdido, voy a buscar, a sentir. No me quedaré encerrada en una biblioteca, leyendo estupideces importantes, la verdad.

—No te olvides de mí demasiado pronto, querida…

—No podría olvidarte, Roberto.

Fue una extraña experiencia la que tuvieron, luego de esa melancólica despedida. Se amaron nostálgicos como sintiendo que jamás volverían a estar juntos, o al menos no de ese modo, sus sensaciones fueron muy fuertes. Roberto se sintió al borde del desmayo, apenas se podía mover, como si le hubieran absorbido toda la energía. Se levantó con esfuerzo y se dirigió al cuarto de baño sin intercambiar palabra con su amante. Ella se puso una bata y se dirigió a la cocina para tomar algo.

La música suave de la habitación llegaba tenue hasta la cocina, abrió la heladera y sacó una jarra que contenía jugo de naranja. Sintió el ruido que causaba

Roberto al recostarse en su cama matrimonial y recordó los momentos que habían compartido. No pudo evitar que una sonrisa se dibujara en su rostro. Fue entonces cuando advirtió que una amplia ventana de la sala estaba entreabierta. Fue presurosa a cerrarla. Mientras lo estaba haciendo, un escalofrío corrió por su espalda al sentir que se estaba abriendo la puerta del armario. Un hombre muy alto y calvo le apuntaba a la cabeza con una pistola que tenía silenciador, mientras le hacía una señal de silencio colocando el dedo índice izquierdo sobre sus labios.

Como en un torbellino, Rocío recordó su vida, los momentos más intensos que había vivido, y una sensación de impotencia la embargó. Si guardaba silencio tal vez aquel hombre no la mataría, era obvio que buscaba a Roberto, pero era muy improbable que dejara testigos. No dudó mucho, aferró una botella de *whisky* que había sobre una pequeña mesa para arrojarla contra el desconocido. Apenas la estaba levantando cuando sintió un golpe sobre la frente y se apagó. La sangre comenzó a caer entre sus ojos que parecían seguir vivos. La botella se deslizó de su mano y golpeó la mesa.

El asesino caminó sigiloso (el disparo había sido casi inaudible y el ruido de la botella podía haberlo hecho la mujer trasegando en la cocina) en busca de su próxima víctima. Se pegó a la pared y comenzó a desplazarse lento hacia el cuarto del dueño de casa, que estaba solo alumbrado por la débil luz de una vela casi consumida. Asomó la cabeza a través del hueco de la puerta entreabierta y vio que había un cuerpo debajo de las sábanas. Apuntó cuidadoso y apretó varias veces el gatillo. El blanco acusó los impactos sacudiéndose leve. El asesino se acercó lento para contemplar el rostro de su víctima cuando sintió un golpe seco en su sien derecha. Levantó la mano veloz para quitarse el objeto que lo había golpeado, pero ya no estaba, en su lugar tenía un profundo hoyo. Como por un acto reflejo se dio vuelta, pero recibió un impacto idéntico, ahora en su sien izquierda. Roberto lo observaba con ojos de furia, desencajado, tenía en sus manos el atizador de la chimenea y había clavado su extremo agudo dos veces en su cabeza. El mundo se borró de a poco para el hombre calvo, alto y delgado. Se desplomó sobre un sillón antiguo que ocupaba un rincón y allí quedó sin vida.

Roberto constató presuroso que no respiraba, se apoderó de su arma y fue a buscar a Rocío. Se encontró con su mirada ausente, enmarcada entre dos surcos de sangre que brotaban del orificio que tenía en medio de los ojos. Parecía estar dándole un último adiós. Roberto sintió que se le aflojaban las piernas, cayó de rodillas frente a Rocío y comenzó a llorar desconsolado como nunca lo había hecho en su vida. Tomó la mano izquierda de su amiga y la besó suave, mientras reiteradas convulsiones agitaban su respiración.

Julieta lo encontró media hora después en un estado de confusión, todavía aferrado a Rocío. Se le habían acabado las lágrimas, su vista estaba perdida en el atizador, cuya punta sangrienta había quedado en la entrada sobre una alfombrilla. Julieta estaba demudada, comenzó a gritar llamando a unos vecinos. Temía que otro matador apareciera. A los pocos minutos, más de diez personas estaban en el lugar verificando la situación. Llamaron a la policía. Dos patrulleros se hicieron presentes enseguida. Roberto apenas pudo balbucear algunas palabras. Decía: «La mata… ron… Fue mi culpa. No merezco vivir. Rocío, lo dio todo por mí… La asesiné…».

Tuvieron que internarlo e inyectarle poderosos calmantes, temían que se quisiera suicidar. Roberto no podía soportar su culpa ni su dolor.

MAR DEL PLATA, SÁBADO 28 DE JULIO DE 2012

—¿Qué pensás, Julieta? Agustín se parece a vos, ¿no?

—Sí, papá, tiene dos ojos, vamos…

—No dije que fuera exacto a vos, miralo bien.

Estaban en la casa de Roberto Burán; su hija había ido a visitarlo, pensaba que él estaba muy solo y que se podía desequilibrar. Había sufrido demasiado.

—Te estás convirtiendo en una nodriza, papá, ¿no se te está yendo la mano? Te va a hacer mal aislarte así.

—No puedo olvidar lo de Rocío.

—Te comprendo, papi, fue terrible, la pobre dio la vida por vos.

—Es cierto, escuché que Rocío cerraba la ventana y luego el ruido al caer de la botella con que pretendía atacar al visitante. Me levanté rápido de la cama y vi en las sombras el perfil del asesino. Pude prepararme, simular que había un cuerpo en la cama. Si Rocío no me hubiera advertido que estaba el criminal, ahora estaría muerto. Sigo sintiendo un lacerante dolor por su muerte, apenas puedo soportarlo, ¿entendés?

—Sí, te entiendo, también te conozco, pero pasó hace muchos meses. Tenés que recuperarte, si no, te vas a enfermar; necesitás afecto.

—¡Qué bien! ¿A quién me vas a presentar?, ¿a alguna joven amiga? No, gracias, ya aprendí…

—Papá, ¡hablo en serio! No te veo bien, estás muy solito… Escuchame, quiero hablar con vos. Pero no te quiero obligar.

—Está bien, no te preocupes… Trabajo de nodriza porque no tengo otra salida, ¿o querés que abandone al chico igual que la madre? Estoy asumiendo un deber, aunque me gustaría tener más libertad. Lo cierto es que ahora no la tengo… No te aflijas, alguna señora encontraré para cuidar al bebé. Todo se irá encaminando, ya lo verás. Pero ahora Agustín me necesita, para él soy irreemplazable.

—¿Por qué decís que la madre lo abandonó? ¿No lo visita?

—Nunca, al principio parecía muy interesada en Agustín, lo veía con frecuencia, luego desapareció.

—Estará planeando algo, ¿que pensás, papá?

—No tengo idea, fue excarcelada, pero creo que tendrá que cumplir una larga condena, mucho más la basura de Álvez, que seguirá entre rejas. Parece que el asesino que contrató tenía algunas anotaciones que lo incriminan, tenía planeado asesinarte. Espero que se pudra en la cárcel ese hijo de mil putas. Respecto de Juana, me da la impresión de que optó por el camino más fácil: olvidar a su hijo. Tratará de evitar el sufrimiento imaginando que el chico no existe.

—¿Puede ser tan maldita? ¿Hasta ese punto?

—¿Qué pretendías de esta mujer? Ella no juega en segunda categoría, quiso controlar al chico. Sabe que conmigo en contra le será imposible, que seré implacable con ella. Ha quedado en inferioridad de condiciones y la muerte de Rocío empeoró su situación jurídica. No solo la están acusando de fraude, sino también de complicidad en el homicidio. Creo que jamás tendrá el cariño de su hijo, ni aunque se arrepienta. Es demasiado aberrante lo que hizo. Estoy seguro de que ella y Álvez resultarán condenados, toda la prueba los compromete. El doctor Dickinson y dos personas de su estudio reconocieron a Esteban Álvez como Eulogio Farías. Quedó claro que él lo planeó todo, que se asesoró jurídicamente para estafarme. No puede explicar el sentido de las anotaciones que hizo en su agenda, en ella reconoce haber inseminado a Juanita. Ni cómo llegaron a su poder los espermatozoides que depositara en el laboratorio. ¿Sabés con quién los llevó allí?

—¿Lo imagino, papá? ¿Con Juanita?

—Exacto. El gerente declaró que los había recibido a los dos. Eso y la designación de tutor a favor de Álvez la involucran. Además, lo de Rocío los pone en el horno a los dos. Los jueces no son estúpidos.

—Vos siempre decís que el poder judicial está mal, ¿cambiaste de opinión?

—No, está como todo el país: es un desastre, pero de lo estatal es lo mejor que tenemos. No entiendo cómo no se vino más abajo. Espero que los jueces sean justos y los hagan mierda, otra cosa no puedo hacer. No pienso buscar justicia por mi propia mano. Al menos pude impedir que se quedaran con el bebé, que se enriquecieran a mi costa, no es poco. Lo que me destroza es que haya muerto Rocío.

—Si salieran absueltos, ¿qué pasaría papá? ¿Te podrían sacar el chico?

—No va a suceder, hay demasiadas pruebas. La maniobra de ellos tuvo difusión, la comentó toda la ciudad. Estoy seguro de que están perdidos.

—Ojalá no te equivoques.

—Me parece que no tienen chance, Julieta. Están jodidos. Aunque Juana fuera absuelta, cosa que no creo que suceda, sería casi imposible que pudiera sacarme a Agustín. La asesora de incapaces se pondría como una fiera, ella está convencida de la verdad.

—Por eso estás tranquilo, ¿no?

—Con respecto a la tenencia, sí. Pero el recuerdo de Rocío es como un puñal clavado en mis entrañas.

—Pero vos me dijiste que ella se iba a vivir a Buenos Aires y que ustedes se separarían, ¿no es así?

—Sí, pero eso no significa que no fuera una mujer extraordinaria, o que no la quisiera.

—Pero vos te ibas a quedar aquí y ella en Buenos Aires, ¿por qué?

—Porque la realidad es dura, Julieta. Ella había experimentado un renacimiento espiritual, aprendió a vivir de otra manera, a liberar sus sentimientos. Comprendió que había dejado de disfrutar de cosas fundamentales. En su juventud no se había atrevido a querer, a entregarse. Estaba arrepentida, decidió recuperar el tiempo perdido. ¿Te imaginás a Rocío abandonándolo todo, sus actividades, su familia?, ¿criando a un bebé ajeno? No era para ella, no al menos en ese momento.

—¿Eso te lo dijo Rocío o lo inventaste vos?

—Me lo dijo ella, en cierta forma. Los seres humanos somos complejos, me quería a su modo. Yo le serví de plataforma de lanzamiento, salió de su encierro afectivo, se pudo sentir mujer.

—No es poco, papá, ¿no te parece?

—¡Ojo!, no pienses que soy un salvador de almas perdidas. Fui un mero accidente, una especie de catalizador. Favorecí su cambio sin intervenir demasiado. La verdad es que su revolución ya estaba en marcha antes de conocerme. Rocío se había comenzado a entibiar hacía mucho tiempo. Eso lo vi claro. ¡Pobrecita!, tener una muerte así, tan joven.

—Era muy buena, papi. Me resulta extraño que no te haya presionado para convivir con vos.

—No te estoy vendiendo ningún buzón: ella no me dijo nada de continuar lo nuestro. La última vez que estuvimos juntos me confió que deseaba experimentar un cambio.

—Y vos, ¿la amabas?

—Bueno, sí… Fue una fantástica relación, jamás la olvidaré.

—¿Pero la querías o no?

—¡Qué sé yo!, ¡qué querés que te diga! Las respuestas no son blanco o negro: a veces hay tonos de gris.

—No me vengas con metáforas, papá. ¿No querés decírmelo?

—No estoy acostumbrado a que me interrogues así, presionándome. Noto algo raro en vos, ¿qué te pasa?

—Nada, papi, ¿vos qué pensás?

—No sé, Julieta, no te oculto nada. Bueno, algo sí, la verdad es que pensé muchas veces jugarme por Rocío, tratar de conquistarla pese a su resistencia. Lo tenía todo, no podía pretender más. Sé que nuestra adaptación habría sido complicada, pero no imposible, podríamos haber mantenido un vínculo con libertad.

—¿Entonces? —preguntó Julieta sonriendo irónica.

—Entonces, ¡nada!, ¿por qué te sonreís? Fue como si la inseguridad de Rocío se me hubiera contagiado. Tal vez por eso no me decidí: había como una barrera, un obstáculo que no pude salvar.

—Yo sé cómo se llamaba esa barrera…

—¿Ah sí?, ¿cómo se llamaba, a ver?

—Alicia, papá.

Un prolongado silencio siguió a esta afirmación. Roberto se quedó mudo, sin saber qué decir. Finalmente expresó:

—Julietita, ves muchas telenovelas: la vida no es tan romántica. Ignorás muchas cosas. Alicia no es para mí. ¿Te olvidaste de que le llevo veinticinco años? ¿Escuchaste? ¡Veinticinco! No le convengo, menos ahora, con un bebito tan chico. Además, hay muchas cosas dolorosas en nuestro pasado, heridas que no cerrarán jamás. Lo que ella me hizo, lo que pasó con Rocío. Todo estará presente. Es absurdo, ¿te imaginás? Cada vez que estuviera con Agustín lo recordaría todo. Mirá, dejala en paz a Alicia, ¿querés? Ya debe de estar bien acompañada, con un muchacho de su edad.

—Está bien, papá, pero es una lástima.

—Una lástima, ¿qué?

—Que se vaya.

—¿Quién, Julieta? ¿A quién te referís?

—A Alicia. Te está esperando.

—¡¿Cómo qué me está esperando?!

—¿No escuchaste bien, papi?

—¡Sí!, digo… ¡no! ¡Aclarámelo!

—Te dije que Alicia te está esperando.

—¿Ahora mismo?

—A ver, papi —dijo la adolescente mirando su reloj—, ¡sí!, te esperará exacto veinte minutos más.

—Pero, ¿dónde?, ¿cómo?

—En cuanto a dónde, en la confitería Plaza, que está en la rambla. En cuanto al cómo, menos sabe Dios y perdona.

—Pero, ¿qué haré con Agustín?

—¿Y para qué te crees que vine a visitarte?, ¿para verte a vos? No sos tan interesante.

—Bueno, Julieta, debería ir, ¿no te parece?

—No sé, vos sabrás, ¿estás nervioso?

—¿Se me nota? Es lógico, ¿no?

—No sé, papá, según lo que vos sientas.

Otra irónica sonrisa afloró en los labios de Julieta. Roberto manifestó:

—Bueno, me voy.

—¿No te sacás las pantuflas? No van con tu imagen de *playboy*.

—Tenés razón, no me di cuenta, teneme a Agustín. Trataré de venir pronto, ¿hasta cuándo me podés esperar?

—Bueno, es sábado, son las seis de la tarde, no mucho más. Digamos, ¿hasta las 15 horas del domingo?

—¿Tanto? ¿Qué vas a hacer, cómo te las vas a arreglar?

—Todo está fríamente calculado, doctor Burán, quédese tranquilo. Agustín dormirá esta noche conmigo. Una amiga mía vendrá a darme una mano. Todo estará diez puntos, despreocupate.

Roberto abrazó emocionado a su joven hija, besándola con dulzura. Le dijo:

—Te quiero mucho, gracias.

—Ojalá puedas ser muy feliz, papá.

Roberto llegó a la confitería Plaza con una demora de veinte minutos. «¡Demasiado tarde!», se dijo, «Alicia no está».

La buscó en vano por las galerías, por la playa.

«Se ha ido», pensó, «o tal vez nunca estuvo aquí».

Suspiró profundo, sentándose al lado de un lobo marino de piedra. Se quedó observando el mar. Las escolleras estaban desiertas, se anunciaba un temporal; enormes olas lo cubrían todo y se volvían a retirar. Había contemplado infinidad de veces ese paisaje, siempre cambiante. En ese momento lo distinto estaba en él. Se sentía defraudado, abatido, su entusiasmo había resultado efímero.

«Quizás así sea mejor», concluyó, «han pasado tantas cosas…».

Se dio vuelta para regresar, iría a buscar a Agustín y a Julieta.

«Esta noche no quiero estar solo», pensó. «Invitaré a Julieta a cenar».

Cuando alzó la vista, la vio. Alicia estaba a su lado, contemplándolo en silencio. Muchas veces había pensado en un encuentro, imaginado las frases serias y profundas que le diría, pero no pudo pronunciar ni una. Ella, como siempre, hizo lo mejor. Se abrazó cálida a Roberto, emocionada hasta las lágrimas. Él se encontraba igual, estuvieron un largo rato estrechándose, hasta que ella dijo:

—¡Qué lindo abrazarte, Roberto!, ¡te extrañé tanto…! ¿Pudiste perdonarme? Decime que sí, ¡por favor!

—Te perdoné hace mucho, nunca te creí culpable, sino una víctima. Fue solo que perdí el control, no podía asumir lo que me estaba pasando. Enterarme de la verdad, de todo lo que se vendría en mi contra, tan de golpe, fue demasiado. Yo también debería pedirte disculpas.

—No tengo nada que disculparte; vos a mí sí. Comprendería que no me perdonaras nunca.

—No pienses en eso, Alicia, no lo menciones más.

—Está bien, me callo.

—Estás preciosa, has madurado un poco, estás justo a punto.

—¿Te gusto así? Me alegro, me arreglé para vos, ¿lo notaste?

—Nunca te había visto con pollera. Miento, una sola vez, esta te queda bárbara.

—Roberto, estás lindo, ¿sabés? ¿Quién te hizo tanto bien? ¿La doctora Rocío Bareilles?

—Bueno, te hablaron de ella, ¿no? Era una buena mujer, me ayudó mucho.

—Es terrible lo que le pasó, Fernando y Adolfo me dijeron que era una muy buena persona, eficiente como abogada y además muy hermosa. Siempre me pareció respetable, estoy segura de que era honesta. No creo que me haya equivocado. Sé que estuviste muy deprimido por su fallecimiento. Por eso esperé varios meses para acercarme a vos, no quise interrumpir tu duelo. Quiero saber si la amabas.

—Es la segunda vez que me lo preguntan en el día, la primera que lo quiso saber fue Julieta.

—¿Y qué le dijiste?

—Mejor no te lo digo porque fue demasiado complicado, metafórico, según ella...

—Conmigo no seas tan complejo, Roberto, sabés que me gustan las cosas simples y directas, ¿la amabas?

—Alicia, vos que deseás saber, ¿si la quería a ella o si te quiero a vos?

—Ambas cosas.

—No es justo: tengo que responder todas las preguntas, sin formular ninguna. Vos no me decís ni una palabra, pero querés saberlo todo.

—No me preguntaste nada, Roberto. No sé qué respuestas pretendés, no te ocultaré ninguna. Decime, ¿qué deseás saber?

—Lo mismo que vos, ¿me querés?

—No tengo ningún reparo en contestarte. Sí, te quiero, sin metáforas, sin ambages, sin límites. Te quiero para vivir con vos, para compartir tus tristezas y tus alegrías. Para criar a tu hijo como si fuera mío.

—¿Lo decís en serio, Alicia? ¿Lo pensaste bien? No sería fácil.

—¿Fácil? ¿Lo es acaso vivir sin vos? Te necesito y también al niño. No puedo olvidar que vino al mundo porque yo intervine. El semen que fecundó a Juana Artigas estaba dirigido a mí. Me hubiera gustado mucho que ese chiquito se hubiera gestado en mi vientre.

—Te veo tan segura, no sé, ¿y la diferencia de edad?

—No seas tonto, ¡qué me importa! Mañana veremos. ¿Qué significa que seas más viejo que yo? ¿Que tendremos menos años de felicidad? ¡Disfrutémoslos! No perdamos más tiempo. Estoy esperando, Roberto.

—¿Qué esperás?

—Tu respuesta, todavía no me la diste: ¿amabas a Rocío?, ¿me querés? Es importante para mí saberlo.

—A Rocío la quería, no te puedo mentir, hubo muchas cosas hermosas entre nosotros, aunque nos íbamos a separar.

—¿Por qué? —preguntó ella.

—Hoy le decía a Julieta que yo siempre encontraba un obstáculo, algo que me impedía jugarme por Rocío, vencer su resistencia, su tendencia a ser independiente. ¿Sabés cómo se llamaba ese obstáculo para Julieta?

—No, ¿cómo?

—Alicia. Julieta tiene razón. Fue por vos que acepté el distanciamiento que me impuso Rocío. Si no hubieras existido, habría hecho cualquier cosa para no perderla. No me habría resignado, no habría sido tan dócil, habría luchado mucho, tal vez con éxito. Ahora lo tengo claro.

—Pero todavía no contestaste a mi pregunta, Roberto. Estoy esperando, ¿me querés o no?

—Ya sabés la respuesta: te quiero muchísimo, con todas mis fuerzas. Vivir con vos sería como un sueño, no me importa cuánto pueda durar. Si me acompañaras, tendría fuerzas para empezar de nuevo. Te toco y me estremezco; me parece mentira sentir de nuevo tu aroma, acariciar tu pelo. Te besaría toda, te mordería toda, pasó demasiado tiempo, me estoy descontrolando.

—Igual yo, también por eso te extrañé.

—Alicia, ¿festejamos nuestro reencuentro? ¿Te animás a recluirte conmigo?

—Yo sí Roberto, ¿y vos?

—Es lo que más deseo en este mundo. Te voy a decir algo que te va a hacer comprender hasta qué punto tengo necesidad de vos, de cuánto me importás, de cómo he bajado todas mis defensas ante vos.

—¡Qué misterio! —dijo Alicia mordiéndole suave los labios—, ¿qué me vas a decir?

—Esta noche, Alicia, quiero amarte sin preservativo.

Made in the USA
Columbia, SC
28 April 2025